*Un choix…
Une vie*

Chris - TL

Un choix...
Une vie

Collection Hortensia
Rouge Noir Éditions

Dédicace

Mentions légales
Un choix... Une vie
Chris TL

ISBN : 978-2-902562-24-4
Graphisme : © Charlie Dragonfly Design
Mise en pages : © Orlane, Instant immortel
Dépôt légal à la BNF : Décembre 2019

Le Code de la propriété intellectuelle interdit les copies ou reproductions destinées à une utilisation collective. Toute représentation ou reproduction intégrale ou partielle faite par quelque procédé que ce soit, sans le consentement de l'auteur ou de ses ayants droit ou ayant cause, est illicite et constitue une contrefaçon, aux termes des articles L.335-2 et suivants du Code de la propriété intellectuelle.

Le téléchargement, la numérisation et la distribution de ce livre, sous quelque forme ou moyen, y compris l'électronique, mécanique, photocopie, enregistrement ou autre sans l'autorisation du détenteur du droit d'auteur sont illégaux et punis par la loi. Veuillez acheter uniquement des éditions autorisées à cette oeuvre et ne participez ou n'encouragez pas le piratage. Votre soutien au travail de l'auteur est apprécié.

© 2019, Rouge noir éditions

Avertissements

Ceci est une œuvre de fiction. Les noms, les personnages, les lieux et les faits décrits ne sont que le produit de l'imagination de l'auteur, ou utilisés de façon fictive. Toute ressemblance avec des personnes ayant réellement existées, vivantes ou décédées, des établissements commerciaux ou des événements ou des lieux ne serait que le fruit d'une coïncidence.

Cet ouvrage contient des scènes sexuellement explicites et homoérotiques, une relation MM et un langage adulte, ce qui peut être considéré comme offensant pour certains lecteurs. Il est destiné à la vente et au divertissement pour des adultes seulement, tels que définis par la loi du pays dans lequel vous avez effectué votre achat. Merci de stocker vos fichiers dans un endroit où ils ne seront pas accessibles à des mineurs.

Prologue

NEUF ANS PLUS TÔT

— Allez viens Émile, j'ai peut-être trop bu, mais toi aussi… et puis, c'est l'occasion rêvée… si on le regrette demain, on dira que c'est à cause de l'alcool, me dit-elle avec un petit air boudeur.

— Nathalie, arrête, on ne peut pas faire ça !

— Mais si… m'affirme-t-elle tout en me regardant avec le sourire en coin, je veux le faire avec toi ! Tu es mon meilleur ami, il n'y a que toi avec qui je veux le faire !

— Mais tu sais très bien que je suis…

— Non, ne dis pas ça. C'est juste que tu n'as jamais essayé avec une femme. Je voudrais être ta première fois, que tu découvres enfin une chatte et en l'occurrence… la mienne !

Nathalie se met à pouffer. Je la trouve adorable avec ses joues rouges et son regard brillant. Elle est ma meilleure amie depuis la maternelle. On ne s'est jamais quitté depuis. On a fait les quatre cent coups. Elle connaît tous mes secrets. Mais là, elle me demande une chose particulière.

Nous étions passés à la soirée de fin d'année, nous avions dix-neuf ans et nous avions fini nos examens. L'alcool coulait à flot et toutes les personnes présentes étaient plus ou moins éméchées.

Il était une heure du matin, je commençais à fatiguer et j'avais demandé à Nathalie de rentrer. Je dormais chez elle ce soir-là.

Nous marchons le long du trottoir, sa maison n'étant pas très loin du lieu de fête. Nathalie sautille partout autour de moi et commence à me donner le tournis.

— Émile, s'te plaît, me supplie-t-elle avec son petit regard de chien battu.

Je n'ai jamais pu lui résister quand elle me fait ces yeux là et elle le sait.

— Nathalie, lui dis-je en lui prenant la main, tu es sûre de toi ? Parce que moi, je ne me sens pas prêt à franchir le pas, tu sais très bien que je préfère…

— Non non non, ne dis rien, je sais ce que tu vas me dire et je veux que tu sois ma première fois ! Et puis, ma tante n'est pas là.

— Merde Nathalie, tu es chiante, tu sais ça ?

— Mais tu m'aimes bien quand même.

Elle pose sa tête sur mon épaule et me lance encore son petit regard. Je lui embrasse tendrement le front et me laisse attendrir.

— Nathalie, tu crois vraiment que…

— Oui ! Dis oui !

— Oui d'accord…

Je baisse la tête, je ne devrais pas faire ça, je ne l'ai jamais fait avec une femme, mais là, c'est ma meilleure amie et j'ai peur que cela brise quelque chose entre nous.

Nathalie saute de joie dans mes bras en poussant des petits cris de victoire. Elle se met à courir en me tirant par la main. J'essaie de trainer un maximum, j'essaie de ne pas aller trop vite, je sens que je vais faire une connerie, mais je n'ai jamais pu lui résister longtemps.

À peine la porte refermée derrière moi que je me retrouve plaqué contre cette dernière par Nathalie. Elle passe ses bras autour de mon cou et me regarde droit dans les yeux. J'y vois de l'excitation, elle veut perdre sa virginité ce soir… et c'est à moi qu'elle l'a demandé. Elle m'a dit qu'elle était certaine qu'avec moi cela se passerait mieux, que je ferais attention à elle, car je l'aimais. Oh pas d'une façon amoureuse, mais de l'amour sincère qu'est notre amitié. Elle a peur qu'un autre gars soit trop brusque avec elle.

— Qu'est-ce qu'on fait maintenant ? Lui dis-je en lui caressant la joue.

— On s'embrasse peut-être ?

Elle pose ses lèvres sur les miennes. Sa bouche est douce et me caresse doucement. Je n'ai pas l'habitude de ce genre de baiser. Ce que je connais est plus brutal, plus dur et plus empressé. Sa bouche s'ouvre et laisse passer sa langue qui lèche doucement mes lèvres, essayant de passer au travers. Je la laisse faire. Son baiser devient plus intense et ses mains passent sous mon t-shirt pour me caresser le torse. Ses petits doigts volent sur ma peau.

Je ne sais pas comment me comporter. Mes bras restent le long de mon corps. Je la laisse m'embrasser. Je ne sais pas vraiment ce que je ressens, ce n'est pas moi tout ça et pourtant je la laisse faire, parce que c'est Nathalie.

Elle recule légèrement, le son qui sort de sa bouche est tremblant.

— Émile, s'il te plait, participe… caresse-moi, fais comme si j'étais…

Je lui pose un doigt sur la bouche pour la faire taire.

— Tu ne seras jamais ce que tu allais dire, tu le sais Nath… Mais je vais essayer… pour toi, je dois t'avouer que j'ai peur, peur que tu le regrettes après et que tu m'en veuilles.

— Non… tu es tout pour moi et je ne regretterai jamais.

Je prends une grande inspiration, je lève la main vers sa joue, la caresse doucement en la fixant droit dans les yeux. Elle est tellement sûre d'elle. Je peux y arriver. Ma main passe derrière sa tête et se pose sur sa nuque. Je l'approche de moi et commence à l'embrasser. Je ferme les yeux, je ne veux pas voir ce que je fais et surtout avec qui je le fais de peur de faire marche arrière.

Notre baiser s'intensifie et je l'entends gémir contre ma bouche. Ses mains passent sous mon t-shirt et le relèvent pour me l'enlever. J'entrouvre les yeux et je la vois me mater avec un petit sourire.

— Nath ?

Elle relève la tête, elle a dû sentir que j'étais encore hésitant, car elle enlève prestement son top et son soutien-gorge. Ses petits seins pointent vers moi comme pour me dire : « occupe-toi bien de nous ». Elle prend ma main et la pose sur sa poitrine. Je me retrouve avec sa rondeur dans le creux de ma paume. Machinalement, je passe le pouce sur son téton qui se durcit rapidement. Nathalie rejette la tête en arrière me laissant accès à son cou. Je referme les yeux et me rapproche d'elle. Mes doigts commencent à jouer avec ce petit pic tout dur et un râle sort de sa bouche. Je pose mes lèvres dans le creux de son cou et commence à l'embrasser, à lui lécher la peau et à la mordiller. Elle se tortille de plus en plus dans mes bras. Son entrejambe se frotte contre le mien pour essayer de m'exciter. Je m'imagine dans un autre lieu avec une autre personne. Je m'imagine que c'est cette personne qui est entre mes bras et que je m'apprête à baiser. Enfin, je commence à durcir. Nathalie le sent. Elle ouvre mon jeans rapidement et passe sa main à l'intérieur de mon boxer. Elle attrape ma queue et commence à me masturber lentement. Si elle continue comme ça, je ne pourrais pas, il faut que…

— Va plus vite, plus durement.

Elle exécute ce que je lui dis.

— Comme ça ?

Un soupir sort de ma bouche.

— Oh putain oui, continue comme ça…

— Toi aussi, touche-moi.

Je déboutonne sa jupe qui tombe à ses pieds, sa petite culotte la suit rapidement et je me retrouve comme un con à ne pas savoir quoi faire. Elle prend de nouveau ma main et la pose sur son sexe. Elle m'entraine dans un mouvement me permettant de la caresser. Elle retire sa main et je continue. Mes doigts glissent entre ses lèvres humides. Un gémissement sort de sa gorge me permettant de comprendre que je ne m'y prends pas trop mal.

— Oui… comme ça… continue…

Sa main astique de plus en plus rapidement ma queue, le plaisir monte peu à peu en moi. Mes doigts touchent son clitoris et un frisson parcourt son corps.

Je comprends que je ne peux plus reculer. Je l'attrape dans mes bras et me dirige vers sa chambre. Je la pose délicatement sur son lit. Je la regarde, nue et étendue à attendre que je la rejoigne. J'enlève rapidement mon pantalon et mon boxer puis grimpe à ses côtés. Ses doigts parcourent mon torse laissant derrière eux une caresse douce à sentir.

— Tu es magnifique, me dit-elle.

— Pourtant, tu m'as déjà vu torse nu plus d'une fois.

— Oui, mais jamais je ne t'ai touché, ta peau est si douce… embrasse-moi…

Je respire un bon coup, ferme les yeux et pose mes lèvres sur les siennes. J'essaie en même temps de me souvenir des paroles de mes potes, de ce qu'ils font avec leur copine… ah oui, lécher la chatte, cela ne doit pas être bien plus compliqué que de… enfin bref…Je descends ma bouche le long de son cou, mordillant cet endroit sensible dont j'ai tant entendu parler et le résultat se fait de suite sentir. Nathalie gémit sous mon butinement, je souris, bingo, cela fonctionne. Je continue ma descente et attrape entre mes lèvres un de ses tétons, je le mordille, le tète. Elle me place une main derrière la tête pour me garder à cet endroit plus longtemps. Elle se cambre plus, levant sa petite poitrine contre ma bouche. J'en profite pour replacer ma main sur sa chatte et retrouve son clitoris. Je le masse délicatement, l'entoure, profite de son humidité pour glisser entre ses replis et enfoncer un doigt délicatement dans son vagin.

J'ai l'air de ne pas me débrouiller trop mal vu la façon dont elle réagit. Ma bouche continue la descente et je me retrouve entre ses cuisses. J'entame lentement un mouvement avec mon doigt pour ne pas lui faire mal et pose enfin ma bouche sur sa virginité. Ma langue la goûte, joue avec sa petite boule de nerf et revient sur ses lèvres. Son goût n'est pas si mauvais, différent de ce que je connais mais… oui, complètement différent. Je m'y attaque plus fermement. Nathalie pousse des gémissements de plus en plus forts, m'incitant à continuer, me disant que c'est bon.

— Oui Émile, oui, comme ça… je sens que cela vient, n'arrête pas, je… Emiileee…

Son corps se met à trembler et sa jouissance s'étale sur mes doigts. Je redresse la tête et la regarde. Elle est belle dans ce moment post orgasmique avec ses joues rouges et les yeux qui brillent. Je remonte à ses côtés et dépose un léger baiser sur ses lèvres. Je replace une mèche de cheveux derrière son oreille la regardant revenir peu à peu à la réalité. Je me sens assez fier de moi sur ce coup-là, je lui ai fait découvrir son premier orgasme. Elle me sourit et me saute dessus.

— À ton tour…

— Hein ? Quoi ? Nath, qu'est-ce que tu fais ?

— Allez, laisse-moi faire et profite !

Je repose ma tête sur l'oreiller lorsque je sens sa bouche descendre le long de mon cou, s'attardant sur mes tétons et que des doigts entourent ma queue. Je ferme les yeux et essaie de profiter de l'instant. Je me refais mon film dans ma tête et commence à prendre du plaisir de ses attouchements. Nathalie n'oublie rien, sa langue et ses dents me procurent des sensations agréables et je sursaute lorsqu'elle pose sa bouche sur mon gland. Sa main descend sur mes bourses et les malaxe. Elle suçote délicatement le bout de ma queue comme pour la gouter et l'enfonce dans sa bouche d'un coup. Je pousse un «oui» de contentement et me laisse aller à ses nouvelles expériences. En cet instant, je ne regrette nullement de lui servir de cobaye. Elle s'applique à me procurer de délicieuses sensations. Elle relève la tête pour me regarder tandis que sa main reprend le relais.

— Émile… je m'y prends bien ?

— Oh que oui, continue, sans problème…

Mais au lieu d'y retourner, elle revient à ma hauteur, ses doigts toujours au même endroit. Je ne comprends pas, je la regarde en ayant l'air de dire qu'elle ne doit pas s'arrêter là.

— C'est maintenant Émile !

Je sais de quoi elle veut parler, je dois m'occuper de sa virginité.

— Je n'ai pas de capote Nath !

— Je prends la pilule, ne t'inquiète pas pour ça et de ton côté, tu te protèges non ?

— Oui, mais… je… tu es sûre de toi ?

— Oui, plus que sûre, allez… s'il te plait…

Ah ! je suis trop faible avec elle, elle me mène par le bout du nez… ou de la queue à cet instant, j'ai trop besoin d'évacuer le trop plein de plaisir qu'elle m'a déjà procuré.

Je me place entre ses jambes écartées et lui caresse tendrement la joue, je lui embrasse gentiment le bout du nez et commence à m'insérer en elle.

Putain, qu'est-ce qu'elle est étroite, je me retiens de peur de lui faire mal et m'enfonce doucement. Un halètement sort de sa bouche lorsque je sens son hymen. Je m'arrête le temps qu'elle s'habitue.

— Nath ?

— Vas-y maintenant !

Je mets un bon coup de rein et je passe au travers de cette dernière barrière. Je la vois grimacer. Je me bloque, j'attends de peur qu'elle ne me dise d'arrêter. Je suis tellement serré à l'intérieur d'elle que j'ai du mal à me retenir.

— Bouge, me dit-elle, cela va mieux.

Je commence doucement mon va et vient. Le plaisir monte au creux de mes reins. Pour moi aussi, c'est une première, les sensations procurées sont différentes et appréciables. J'accélère peu à peu lorsque je la sens se détendre et que ses hanches suivent mes mouvements. Elle entoure ses jambes autour de ma taille m'incitant à la prendre encore plus profondément.

Ses mains parcourent mon corps laissant derrière elle d'agréables frissons. Je prends un de ses seins entre mes lèvres et mes coups de butoir deviennent plus forts. Nous arrivons tous les deux sur le point de non-retour. Je sens ma jouissance arriver et je tente de me retirer, mais ses jambes m'en empêchent. Nos halètements, nos gémissements se répondent mutuellement et nous partons tous les deux surfer sur la vague du plaisir. Je me déverse en elle, ne pouvant me retenir.

Nos corps frissonnant et luisant de sueur, nous reprenons lentement notre souffle. Je pose mon front contre le sien.

— Ça va ma puce ? Je ne t'ai pas fait trop mal ?

Elle me regarde avec un grand sourire.

— Parfaitement bien… merci… et toi ?

— Aussi…

Je me retire d'elle, de son antre si chaud et humide et me place à ses côtés. Elle se blottit contre moi et je la prends dans mes bras. Nous restons silencieux un petit moment. Je lui caresse tendrement le bras du bout des doigts.

— Tu ne regrettes pas ?

— Non, me dit-elle, je savais qu'avec toi, je ne risquais rien. Et toi, tu regrettes ?

— Je ne regrette pas si pour toi, ça va.

Elle se redresse et dépose un baiser sur ma joue.

— Merci Émile.

Je la serre dans mes bras et nous nous endormons.

TROIS MOIS PLUS TARD

Je cours chez Nathalie. Cela fait un petit moment qu'elle est malade, qu'elle vomit tous les matins, que je ne la vois pratiquement plus. Je suis tellement inquiet que je rentre chez elle sans même frapper. Elle devait aller voir le médecin ce matin et j'aimerais savoir le résultat.

— Nathalie ? Tu es où ?

— Dans ma chambre.

Sa voix est faible. Je rentre dans la chambre et la trouve en boule sur son lit. Quelque chose ne va pas, elle n'est pas du genre à se laisser aller comme ça. Elle a toujours été forte jusqu'à présent.

Je m'approche et m'assois sur son lit à ses côtés. Je lui mets la main sur la cuisse pour lui dire que je suis là.

— Ma puce, dis-moi, qu'est-ce que tu as ?

Je l'entends me dire dans un sanglot.

— Je suis enceinte.

Chapitre 1

HUIT ANS PLUS TARD

EMILE

Me voilà parti pour un nouveau job, une nouvelle vie.

J'ai trouvé un poste de comptable dans une petite entreprise familiale connue dans cette région pour leur dévouement et surtout leur bon sens des affaires.

Lorsque j'ai postulé à ce travail, j'ai rencontré la personne que je devais remplacer, Monsieur Beaumont. Une retraite bien méritée comme il le disait si bien après quarante ans de bons et loyaux services. Le courant est bien passé entre nous, mon CV et mes compétences l'ont convaincu que j'étais celui qu'il lui fallait. Lorsque je lui ai demandé quand est-ce que j'allais rencontrer les responsables, il m'a simplement dit que Madame Richard était veuve et lui faisait confiance. Je la rencontrerai d'ailleurs lors de mon premier jour. Sa société reviendrait ensuite à son fils quand elle sera décidée à lui laisser les rênes. Cela m'a un peu surpris que cela ne soit pas déjà lui, mais il m'a précisé qu'il me donnera plus d'explications le jour de mon arrivée.

Concernant le logement, je n'ai pas eu à m'en inquiéter, il m'a assuré que la famille Richard dispose d'appartements dans une aile de leur propriété ou les employés qui le désirent pouvaient avoir un logement meublé pour un loyer très attractif. Ce qui est le cas, ne connaissant pas la région, cela m'évitera de faire des recherches. Je vais pouvoir m'installer avec ma fille convenablement et c'est déjà un grand soulagement.

Je devais retrouver Monsieur Beaumont ce jour pour une visite des lieux, me faire signer le contrat de travail ainsi que celui de location et m'expliquer ce que je devais savoir. J'ai amené le maximum de choses que ma voiture pouvait supporter surtout pour Chloé. À huit ans, c'est un grand changement pour elle, surtout s'éloigner de ma mère qui était sa référence maternelle pour son épanouissement personnel.

Ma mère a pleuré quand je lui ai dit que je partais à cinq cent kilomètres avec Chloé, se séparer de sa petite fille a été un véritable drame. Il était devenu important pour moi, de tourner la page et de construire une nouvelle vie.

Non que je ne sois pas heureux dans celle-ci, c'est peut-être sur un coup de tête ou un coup de folie, mais j'avais envie de partir, de recommencer autre chose. Le fait que ma boite fasse faillite et de me retrouver sans emploi m'a fait comprendre qu'il était temps d'en profiter.

J'arrive devant l'adresse indiquée et je reste ébahi devant le paysage qui s'étend devant moi, je ne m'attendais pas à me retrouver dans un lieu pareil. Ce n'est pas une maison, c'est un petit manoir en plein milieu des champs de lavande.

Je roule dans l'allée bordée d'arbres magnifiques et majestueux. J'entre dans une vaste cour. La maison principale est en face. Elle est faite de vieilles pierres et du lierre recouvre une partie des murs. La porte d'entrée et ses fenêtres en arrondi lui donnent un joli genre. Sur la partie gauche se trouve une autre dépendance avec le nom de la famille inscrit dessus «Richard et Fils». J'en déduis que ce doit être les locaux de l'entreprise familiale et sur la droite, je devine au fond d'une autre allée, un autre bâtiment.

Je descends de voiture et ouvre la porte à Chloé. Ma fille ouvre de grands yeux admiratifs en tournant sur elle-même pour contempler le paysage autour de nous. Cet endroit est magnifique, je suis sûre que nous allons nous y plaire.

— Papa ... c'est dans le château de princesse que nous allons vivre ?

— Oui ma puce, c'est dans ce château de princesse que nous allons nous installer, lui dis-je en souriant. Je m'accroupis devant elle et la regarde. C'est ici que nous allons vivre maintenant. J'espère que tu vas t'y plaire et dès demain, nous irons t'inscrire à l'école. Tu vas pouvoir te faire de nouveaux amis. Maintenant, sois sage, Papa va rencontrer sa nouvelle patronne.

Je lui attrape la main et m'avance vers l'entrée en regardant à gauche et à droite, le sourire aux lèvres. Je me sens bien dans ce nouvel environnement, une sensation que je n'avais pas ressentie depuis longtemps. Ce sentiment qu'une nouvelle vie va commencer ici me procure un bien être que je ne pensais plus retrouver.

J'entends des éclats de voix et une porte s'ouvre brusquement. Chloé, dans un sursaut, se cache derrière moi.

— John … reviens ici immédiatement !

— Non Maman, j'en ai assez entendu pour aujourd'hui. Tu veux que je me marie, OK, mais cela sera à ma façon…

J'ai à peine le temps de réagir, l'homme me fonce dessus. Il me retient de justesse dans ses bras. Mon nez est collé à son torse bien que je sois grand. Je me retrouve entouré de ses membres qui me paraissent imposants et qui me font sentir petit dans leur étreinte. Un courant électrique me traverse, son odeur, cette petite odeur de lavande, est un vrai délice et émoustille mes sens. Je redresse la tête et je suis hypnotisé par des iris chocolat aux reflets dorés. Cet homme dégage un charisme énigmatique. Ses yeux me sondent, un sourire relève ses lèvres pleines et généreuses. L'intensité de son regard me procure des milliers de fourmillements sur ma peau.

Putain, qu'est ce qui se passe !

— Pardon, qui êtes-vous ?

— Je suis le nouveau comptable !

J'essaie de me retirer de ses bras, mais il me tient fermement.

— Le nouveau comptable ? Émile Duval ?

— Oui, c'est cela.

— Émile … je pensais rencontrer une personne beaucoup plus âgée que vous … je suis agréablement surpris.

— Pardon ?

— Monsieur Duval ? Cela fait longtemps que vous êtes arrivé ?

Je me tourne vers la personne qui vient de prononcer mon nom. J'essaie de reprendre contenance pour lui répondre de façon cohérente.

— Monsieur Beaumont, je suis content de vous revoir ! Non, je suis là depuis quinze minutes à peu près.

Il regarde l'homme à mes côtés puis revient vers moi. Celui-ci est toujours très proche et je me sens d'un seul coup mal à l'aise.

— Je vois que vous venez de faire connaissance avec Monsieur John Richard, le fils de votre employeur, fait-il avec un petit sourire.

Je me retourne vivement vers le fameux John. Quoi ! Le fils de mon employeur ? Eh bien, je pense qu'il faut que je l'évite un maximum, il a une aura qui me déstabilise complètement et qui chamboule mes sens.

Je m'éloigne de lui et lui tend la main afin de me présenter.

— Enchanté de vous connaître Monsieur.

Il enserre ma main dans une chaude étreinte, ses yeux me fixent comme s'il essayait de lire en moi. Un sentiment que je n'avais pas ressenti depuis longtemps s'empare de mon corps faisant accélérer mon rythme cardiaque. Oui, il faut vraiment que je me tienne éloigné de lui.

— John, je vous présente Émile Duval, le futur comptable de l'entreprise. Il va me remplacer pour mon départ à la retraite. C'est-à-dire très rapidement. Et je pense que la jeune fille qui se cache derrière lui doit être sa fille, Chloé ?

Ses yeux qui me fixaient si chaleureusement un instant plus tôt se teintent d'incompréhension lorsqu'ils se baissent vers elle.

— Votre fille ?

Je la prends par la main pour la présenter.

— Je vous présente Chloé, ma fille.

— Bonjour Monsieur, lui fait-elle en lui tendant la main.

John la regarde un moment et lui sourit en lui prenant sa main.

— Bienvenue jeune fille, je suis sûre que tu vas te plaire ici.

— John, lui fait Monsieur Beaumont, votre mère souhaiterait terminer votre discussion…

— Hors de question, je lui ai dit tout ce que j'avais à lui dire !

Il part d'un pas rageur vers la maison.

— Monsieur Beaumont ? Pouvez-vous m'expliquer ce qu'il se passe ?

— Venez Émile, nous avons plusieurs choses à voir et je vais vous expliquer tout ce que vous avez besoin de savoir.

Je le suis à l'intérieur. Nous entrons dans une grande pièce qui fait office de bureau et de salle de réunion. Une dame d'une soixantaine d'année se trouve devant une fenêtre, une tasse de café à la main et fixe l'étendue des champs.

— Charles, vous avez pu rattraper John ?

— Non Madame Anna, mais je vous présente Émile Duval qui va prendre ma relève et sa fille Chloé. Émile, je vous présente Anna Richard, votre patronne.

Madame Richard porte son attention sur moi et me détaille de la tête aux pieds. Un léger sourire apparait sur son visage lorsqu'elle voit ma fille, adoucissant ses traits.

— Bonjour Monsieur Duval, bonjour Chloé, bienvenus parmi nous. Charles m'a dit beaucoup de bien sur vous.

— Merci, appelez-moi Émile, je vous en prie.

— Émile a croisé John en arrivant…

— Oh … j'espère qu'il ne vous a pas effrayé. Ne faites pas attention à son comportement, depuis la mort de mon mari… John le vit très mal et se retrouve dans une situation… délicate. Enfin, n'en parlons plus pour le moment, Charles vous expliquera plus tard.

Elle me fait signe de m'asseoir autour d'une table ovale en bois rustique. J'installe Chloé à mes côtés et sors de son sac son livre de coloriage et ses crayons afin qu'elle s'occupe le temps de mon entretien. Madame Richard prend le siège en face de moi, Monsieur Beaumont à ses côtés.

— Alors Émile, Charles m'a beaucoup parlé de vos compétences. Je dois avouer, et ce dernier est de mon avis, que notre comptabilité est un peu vieillotte. Conflit de génération avec mon défunt mari, je suppose. Nous sommes prêts à investir dans les moyens informatiques nécessaires afin de mettre toute notre comptabilité à jour.

J'ouvre des yeux ébahis. De nos jours, ils sont encore à faire la comptabilité sur papier. J'ai l'impression que le travail qui m'attend va être plus conséquent que celui qui m'avait été décrit. Celui-ci se tourne vers moi d'un air contrit.

— Je crois que j'ai omis de vous faire part de ce point-là. J'espère que cela ne vous rebute pas ?

J'ai ma place à faire et je sais que je peux y arriver. Cela prendra du temps, mais j'y arriverai. J'ai envie de tenter l'aventure, et puis je veux que Chloé se plaise ici. Je reviens à la réalité en entendant mon prénom.

— Émile ?

— Oui … excusez-moi.

— Non, je comprends que c'est une tâche délicate et si vous ne vous sentez pas de …

— Oh non pas du tout Madame Richard. Je suis partant, c'est un vrai défi et j'aime les relever.

— J'avoue qu'entendre ça me soulage. Notre comptabilité faite sur des livres ne convient plus du tout aux administrations et celles-ci nous tannent pour tout leur transmettre par le biais d'internet. On doit se moderniser, on n'a pas le choix. De toute façon, John avait décidé d'informatiser toute cette partie dès qu'il pourrait s'y pencher. Il dirige déjà l'entreprise familiale sans en avoir le titre, mais je lui en suis reconnaissante, c'est une lourde tâche et j'avoue que je n'ai plus l'énergie de mes vingt ans. Jusqu'à présent, il n'a pas eu le temps de se plonger dans la comptabilité, faisant entièrement confiance à Charles pour le tenir informé du moindre problème financier. Au moins, quand il pourra tenir les rênes, cela sera une charge en moins pour lui.

Je viens de comprendre que John sera mon futur patron, me tenir éloigné de lui me parait difficile.

Madame Richard se lève.

— Je suis désolée Émile, je dois m'absenter. Charles va vous faire signer votre contrat et vous montrer le lieu où vous allez pouvoir vous installer avec Chloé. Elle se penche vers cette dernière et lui dit: je suis sûre que tu vas te plaire ici ma puce, il y a aussi des chevaux dans la grange et je pense que si tu demandes gentiment à Éric, notre homme à tout faire, il pourra te faire monter sur l'un d'eux. Cela te plairait? Éric a une fille de ton âge qui vit ici. Lui et sa femme vivent au dernier étage de la maison. Je suis sûre que tu vas devenir amie avec elle. Sa maman, Caroline, est notre cuisinière et elle fait d'excellents gâteaux.

— Oh oui ! dit-elle avec un grand sourire. C'est vrai que l'on va vivre dans le château de princesse ?

— Oui ma puce, lui dit-elle amusée. Charles vous expliquera tout, dit-elle à mon intention. Je dois y aller, à plus tard.

Elle quitte la pièce et je me tourne vers Monsieur Beaumont.

— Et quand John doit-il reprendre la tête de l'entreprise ?

— C'est là tout le problème … quand il sera marié et aura un enfant.

JOHN

Je rentre dans la maison en claquant la porte. Je vais vers le bar me servir un verre, je crois que là, j'en ai vraiment besoin. Ce n'est pas dans mon habitude de boire en pleine journée, mais les propos de ma mère me mettent hors de moi. J'avale d'une traite mon verre et m'en ressers un autre. La brûlure de l'alcool me fait grimacer. Je fais ce que je veux de ma vie. Notre discussion m'a vraiment mis en colère, rien ne peut déroger au testament de mon père. Si je veux récupérer l'entreprise familiale, je dois me marier et donner un enfant à ma future femme. Ce n'était pas prévu, je n'avais aucunement l'intention de me marier, quant à avoir un enfant...

Fait chier ! Pourquoi a-t-il fallu que mon père inscrive cette clause dans son testament ? Si je ne me marie pas et si ma mère meurt à son tour, l'entreprise sera vendue à notre pire concurrent, Nathan Lacausse.

C'est mon entreprise, mon père l'a créée pour moi. Alors pourquoi cette putain de clause ?

Ma mère m'a expliqué que c'était pour que l'entreprise reste dans notre famille, que je pense à avoir des enfants pour la leur léguer ensuite. Mon cul oui ! Elle n'en savait rien avant la lecture du testament. Elle a été aussi surprise que moi. Mon père a encore voulu me faire une entourloupe supplémentaire. Pour quoi déjà ? Ah oui, d'après les dires de ma mère, sûrement pour tester ma volonté et être sûr que je sois capable de tenir les rênes, pour forger mon tempérament comme il disait souvent et avoir un esprit de famille.

Il veut que je me marie, eh bien, ce mariage, je vais le faire à ma façon. Je ne connais aucune femme ici pour faire un mariage de convenance, donner naissance à un enfant et ensuite bien vouloir divorcer. Alors je me suis inscrit sur un site. Il recherche des candidates pour moi, selon mes critères et je dois les héberger pendant quelques temps afin de les connaître et voir si potentiellement l'une d'entre elles pourraient être ma future femme. D'une façon ou d'une autre, elle ne le restera pas longtemps, une femme dans ma vie n'est pas prévue.

Bien sûr, quand je l'ai annoncé à ma mère, cela ne lui a pas du tout plu. Elle qui pensait que je ferais un mariage heureux.

Mais merde … les femmes ne m'attirent pas, seulement ça, je ne peux pas lui dire. Je ne suis pas encore sorti du placard pour ma famille. Cela va être une véritable torture de faire croire à tout le monde que je suis tombé amoureux d'une femme.

Et ce comptable qui vient d'arriver, Émile. Lorsqu'il m'est tombé dans les bras, j'ai cru à un rêve. Un homme comme je les aime. Assez grand, bien foutu, enfin de ce que j'ai pu ressentir et ses petites lunettes lui donnent ce côté sexy qui me fait monter la libido. Néanmoins, il n'est pas pour moi, il a une fille donc, il est forcément hétéro.

Je n'ai vraiment pas de bol, de toute façon, il ne faut pas que je me dirige de ce côté-là. Pour le moment, je me dois de trouver une femme pour récupérer mon entreprise. Il hantera mes rêves ce qui me permettra peut-être de baiser une nana.

Je regarde par la fenêtre le champ de lavande pour essayer de me calmer. Nous sommes en pleine saison et tout le terrain est d'un magnifique mauve. Ce n'est pas une grande parcelle, elle permet tout de même de faire vivre quelques familles du village. Nous essayons de créer plusieurs produits dérivés et notre petite entreprise fonctionne plutôt bien.

J'avais réussi à convaincre mon père de travailler avec l'office du tourisme afin d'attirer les personnes en vacances dans la région, leur faire visiter le champ, leur expliquer comment nous cultivons la lavande et ensuite la fabrication de savons, huiles essentielles, sachets… et nous avons aussi un coin avec des poneys pour les petits. Cela attire pas mal de monde et le chiffre d'affaires s'est bien développé.

J'ai eu du mal à le convaincre. Lorsqu'il m'a donné son accord, il m'a bien précisé que j'allais entrainer la perte de notre entreprise, que je n'avais pas intérêt de me louper. J'ai réussi et il ne l'a jamais admis. Ce vieux bouc espérait que je me planterais, eh bien, il avait tout faux. J'ai même fait apporter des bénéfices au bout de deux ans. J'étais plutôt fier, mais cela a creusé l'écart entre mon père et moi. Il n'a jamais été pour l'innovation et moi, j'avais plein d'idées en tête à la sortie de mes études pour faire évoluer notre entreprise. J'adore cet endroit et pour rien au monde, je ne le laisserai.

Mon père m'a vraiment bien eu avec son foutu testament.

Je vois sortir Charles avec le nouveau comptable et sa fille. J'espère pouvoir avancer avec lui, il va falloir tout revoir à zéro. Voilà encore une chose que mon père ne voulait pas toucher. Quelle entreprise peut vivre sans ordinateur de nos jours ? Aucune. Il y a du potentiel avec internet, on pourrait développer un site avec la vente de nos produits. Il va falloir que j'aie une discussion avec cet Émile, voir en profondeur ses compétences.

Je le vois rigoler avec Charles d'une chose que vient de dire sa fille. Il est vraiment très sexy ce mec, dommage qu'il soit hétéro, car j'en ferais bien mon affaire. Et ce cul… je serre plus fort mon verre entre mes doigts. Ce mec va être une véritable torture pour mes sens. Rien qu'à sa vue, j'ai une pression en bas du ventre, même mes coups d'un soir ne me faisaient pas autant d'effet sans compter son regard d'un bleu électrique quand il s'est posé sur moi. Putain, cela fait vraiment longtemps que je n'ai pas été troublé comme ça. Je crois même que c'est la première fois.

Je sens que les prochains jours vont être très compliqués. Surtout qu'il va loger dans l'appartement juste en face du mien, avec sa fille. Chose que je ne dois pas oublier, sa fille. Je me demande bien où est sa mère d'ailleurs. Si c'est une séparation, la gamine risque sûrement de faire des allers-retours entre ses parents.

Enfin bref, demain arrivent mes deux prétendantes et nous verrons comment cela se passe. Elles vont logées dans l'autre aile de la maison. Condition de ma mère pour que cela ne se transforme pas en orgie. Si elle savait … Quant à avoir des sentiments amoureux, elles peuvent toujours attendre, je ne suis pas là pour faire dans le romantisme. Mon entreprise je la veux et je ferai tout ce qu'il faut pour qu'elle m'appartienne.

Chapitre 3

EMILE

Le voyage a été long, la fatigue se fait sentir. Je vais coucher Chloé qui s'endort rapidement après son câlin du soir, me prends une douche, enfile un caleçon et je fais de même. Le lit est confortable et mes yeux se ferment rapidement.

Je suis réveillé par un petit bruit. Je tends l'oreille de peur que ce soit Chloé qui fasse un cauchemar. Celui-ci recommence, cela va vient du salon. Quelqu'un frappe doucement à la porte. Je me lève, enfile un tee-shirt pour aller ouvrir en sachant très bien que vu l'endroit où nous sommes, cela ne peut être qu'un des habitants de la maison. J'espère seulement que rien de grave n'est arrivé.

J'entrouvre la porte et j'y découvre John de l'autre côté.

— John ?

— Excuse-moi de te déranger si tard, mais j'avais besoin de te parler. Je peux entrer ?

— Oui bien sûr, lui dis-je, entre. Rien de grave ?

— Non ne t'inquiète pas. Chloé est couchée ?

— Oui, la journée a été longue et riche en évènements pour elle, elle s'est endormie très rapidement.

Il regarde vers les chambres d'un air songeur. Je le trouve hésitant et je ne comprends pas ce qu'il fait ici à cette heure de la nuit. Je referme doucement la porte et me retourne vers lui.

— Tu as quelque chose à me demander ?

John se retourne vers moi et me regarde de la tête aux pieds. Je me sens rougir sous son regard. Je m'aperçois que je ne porte qu'un caleçon et un tee-shirt, ce n'est pas une tenue pour recevoir son futur patron.

— Euh… je vais enfiler un pantalon, je reviens…

— Non, ce n'est pas nécessaire.

— Pardon ?

Il s'avance doucement vers moi, je recule et me retrouve acculé contre le battant. Ses yeux chauffent chaque centimètre de peau sur lesquels ils se posent. Je me sens d'un seul coup fébrile, en attente de quelque chose dont je n'arrive pas à comprendre le sens.

Mais putain, qu'est-ce qu'il m'arrive ? Je ne peux pas avoir ce genre de réaction à chaque fois qu'il se trouve à mes côtés. Il lève une main vers moi et la pose sur ma joue, son pouce vient caresser mes lèvres. Ses yeux se fixent dans les miens, le marron de ses iris devient plus sombre, plus incandescent. Je ne comprends pas mon comportement, comme si mon corps ne m'écoutait plus, j'ouvre la bouche et attrape son doigt que j'effleure avec ma langue. Son goût me galvanise et je me mets à le sucer avec plus d'ardeur tout en fixant John dans les yeux.

Celui-ci lâche un juron, retire son pouce et écrase ses lèvres sur les miennes. Nos langues se trouvent rapidement et se lancent dans une danse frénétique et salace. Son corps se colle au mien et ses hanches ondulent doucement contre les miennes.

Notre baiser ralentit, devient plus langoureux, il passe une main derrière ma nuque et l'autre descend dans une longue caresse vers mes fesses. Je passe mes bras autour de son cou et nous continuons ainsi enlacés à nous embrasser comme si nous ne pouvions plus nous arrêter.

Le frottement de sa queue sur la mienne me fait gémir, j'ai besoin de plus et rapidement.

Je laisse échapper un grognement de frustration lorsque John s'éloigne et pose son front contre le mien.

— Je rêve de cet instant depuis que nous nous sommes rencontrés. N'allons pas trop vite et profitons du moment.

Je hoche la tête pour approuver ses dires, toujours captivé par son regard promettant monts et merveilles. Ses mains attrapent mon tee-shirt, le font passer par-dessus ma tête et le lancent à travers la pièce. Ses doigts se reposent sur moi et parcourent mon abdomen me procurant des frissons. Puis, mon souffle se coupe quand ils les posent sur ma hampe devenue dure de cette tension sexuelle qui flotte entre nous.

Je me rends compte que je suis pratiquement nu devant lui alors qu'il est encore en possession de tous ses vêtements. J'ai besoin de le voir, de le sentir moi aussi, de sentir sa peau contre la mienne. Je vais pour commencer à déboutonner sa chemise quand il me stoppe.

— Non pas maintenant, laisse-moi profiter de toi, me dit-il.

— Mais… ce n'est pas juste, moi aussi je veux pouvoir te toucher et te faire perdre la tête comme tu le fais avec moi.

Je m'écoute parler, j'ai l'impression de me comporter comme un petit enfant boudeur qui ne peut pas s'amuser avec son jouet préféré. Qu'est-ce qu'il me fait ? Ce n'est pas moi ça ! Je suis plus mature d'habitude !

Ma réaction le fait doucement rire.

— Ne t'inquiète pas bébé, tu ne le regretteras pas, me susurre-t-il à l'oreille avant d'y glisser sa langue et la descendre le long de mon cou.

Tout en continuant à me butiner, il nous dirige vers le canapé et m'y allonge. Il se place au-dessus de moi et pose ses lèvres sur les miennes. Il me donne un baiser possessif qui me donne l'impression de déjà lui appartenir.

Ce qu'il se passe entre nous est trop rapide, je viens à peine d'arriver, mais je ne peux pas à l'empêcher de continuer, ce qu'il me fait est trop bon et trop merveilleux pour que je l'arrête.

Je place mes mains dans ses cheveux pour l'empêcher de partir. Les siennes caressent mon torse, jouent avec mes tétons. Je m'arque sous cet assaut, plaquant mon bassin contre le sien. Je le sens dans le même état que moi. Sa queue me parait imposante et je me frotte contre lui pour lui montrer l'étendue de mon désir.

Un gémissement de plaisir sort de sa gorge. Il descend mon caleçon d'une main et enroule ses doigts autour de ma verge. Son va-et-vient me fait rejeter la tête en arrière. Il en profite pour commencer à descendre le long de mon corps jouant de sa langue et de ses dents sur chaque endroit où il s'arrête. Je n'en peux plus.

— John… s'il te plait…

— S'il te plait quoi bébé ?

Le souffle de ses paroles sur ma peau me fait tourner la tête.

— J'ai besoin… besoin de plus…

— C'est-à-dire, me dit-il dans un grognement appréciateur quand il donne un coup de langue sur mon gland.

— Ah oui… suce-moi s'il te plait…

— Oh tout le plaisir est pour moi.

Il enfonce ma queue dans sa bouche dans un mouvement rapide et remonte lentement en laissant sa langue lécher chaque aspérité de mon anatomie. Il la replonge jusqu'à la garde dans sa chaude cavité, ses déglutitions me massent et des étoiles apparaissent devant mes yeux. Il recommence sa douce torture, ne me laissant aucun répit. J'arrive au bout de ma limite, mes doigts s'accrochent à ses cheveux, je propulse mon bassin contre sa tête et ma jouissance éclate en même temps de que je crie son nom.

Je me réveille en sursaut, mon ventre maculé de ma semence, le souffle saccadé. Je me trouve dans mon lit, je regarde à côté de moi, mais il n'y a personne.

Ce n'était qu'un rêve, un putain de rêve sur John. Je l'ai à peine aperçu… quelques minutes entre ses bras et je rêve déjà de lui ! Je suis vraiment dans la merde !

Je m'assois et me prends la tête entre les mains, mes doigts s'agrippant à mes cheveux. Je regarde les traces de mon plaisir sur mon torse. Qu'est-ce qu'il m'arrive ? Comment vais-je le regarder maintenant sans repenser à cette nuit ? J'ai l'impression que je me retrouve dans un sacré pétrin. Il faut absolument que je me ressaisisse, cet homme n'est pas fait pour moi, je ne suis pas là pour une aventure… mais que ce rêve était agréable !

Je me lève pour aller me nettoyer et vais me recoucher toujours la tête à ce qui vient de m'arriver. Je souffle un grand coup, demain est un autre jour, j'ai plusieurs choses à faire et surtout… me tenir éloigné le plus possible de John.

Je réveille doucement Chloé. Elle a eu du mal à s'endormir hier soir, elle était tellement excitée de vivre dans son château de princesse. Lorsque nous avons découvert notre logement, elle s'est mise à courir partout en poussant des cris de joie. Notre appartement comporte deux belles chambres lumineuses avec coin douche et un grand salon. Il est déjà tout équipé, ce qui est formidable. Les fenêtres offrent une vue sur le champ de lavande à l'arrière de la bâtisse. Des oliviers sont éparpillés un peu partout mettant une couleur différente à toute cette étendue. La Provence est vraiment une belle région. J'ai hâte d'en découvrir plus. Chloé n'a pas hésité à sélectionner sa chambre. Elle m'a fait rire quand elle y est entrée. D'un pas décisif, elle s'est jetée sur le lit en me disant «je veux celle-ci, je veux celle-ci, de toute façon, elle est rose, elle est pas pour toi». J'étais obligé de céder bien que je n'eusse pas grand mal à lui faire plaisir, la chambre qui restait me correspondait plus, dans les tons chocolat et crème, elle avait un côté chaleureux qui me convenait et le lit deux places avait l'air très confortable. Monsieur Beaumont, qui m'accompagnait pour me présenter les lieux, m'a dit qu'avec Chloé et la petite Anaïs, il y allait avoir de l'ambiance dans la maison.

Avant de nous quitter, celui-ci m'a informé que tous les repas se passaient dans la salle à manger en bas et que nous essayions de manger ensemble de façon à faire moins de travail à Caroline. On se considère vraiment comme dans une famille ici et j'apprécie déjà cette ambiance. Cette vie va vraiment faire du bien à Chloé. La séparation avec ma mère a été difficile, car c'était la seule figure maternelle qu'elle a eue depuis sa naissance. Il va falloir d'ailleurs que je l'appelle aujourd'hui pour la rassurer, je m'attends à avoir une longue discussion.

Chloé levée, nous descendons prendre notre petit-déjeuner. Madame Richard et Monsieur Beaumont sont déjà installés à la grande table en bois au milieu de la pièce et sont en pleine discussion. Une autre femme s'occupe de préparer un bol et des tartines à une petite fille qui doit avoir approximativement le même âge que Chloé. Celle-ci accourt vers ma fille dès qu'elle la voit.

— C'est toi Chloé ? Moi c'est Anaïs. Tu vas vivre ici ? Tu veux bien être ma copine ?

— Anaïs, ne lui saute pas dessus comme ça, tu vas lui faire peur ! Bonjour, je suis Caroline la cuisinière et la mère de cette chipie.

Je lui prends la main pour la saluer tout en gardant celle de ma fille dans l'autre qui s'était cachée derrière moi. Je n'ai pas eu l'occasion de la rencontrer hier, car c'était son soir de repos à elle et son mari. John n'était pas là non plus et cela m'a soulagé. J'appréhendais un peu de le retrouver à dîner. Bien que, vu la nuit que je viens de passer, le voir ou pas n'aurait pas changé grand-chose.

— Bonjour, moi c'est Émile et voici Chloé. Je tire Chloé devant moi. Tu dis bonjour, Chloé.

— Bonjour, dit-elle timidement.

— D'ici cinq minutes, sa timidité va disparaitre et là, vous allez découvrir qu'elle n'est pas si timide que ça.

— Ce n'est pas grave, je vous laisse vous servir pour le petit-déjeuner. Chloé, je prépare un chocolat chaud pour Anaïs, tu en veux un aussi ? Viens avec moi, tu vas me dire ce que tu veux manger avec.

Je la laisse aller avec Caroline et me dirige vers Madame Richard et Monsieur Beaumont pour les saluer.

— Bonjour Émile. Avez-vous passé une bonne nuit ?

— Excellente, merci. Je vous remercie pour le logement, il est vraiment superbe.

— Allez vous chercher un café et de quoi manger et venez vous installer avec nous. Je crois que votre fille est entre de bonnes mains, me dit-elle en hochant la tête vers l'autre côté de la pièce.

Je me retourne et je vois Chloé déjà en pleine discussion avec Anaïs. Elles pouffent toutes les deux en se chuchotant des choses dans l'oreille. Caroline les fait asseoir en bout de table et leur installe le nécessaire pour qu'elles puissent manger. Une fois assuré que Chloé n'a pas besoin de moi, je vais me chercher mon café et m'installe avec ma patronne.

— Alors dites-moi Émile, vous ne commencez que lundi, qu'avez-vous prévu pour ces deux jours ?

— Inscrire Chloé à l'école pour la rentrée scolaire de septembre pour commencer et finir de m'installer en déballant le reste de mes affaires. Je vais sûrement devoir faire quelques achats pour la chambre de Chloé. Avez-vous un magasin à m'indiquer ?

— Il y en a un à trente minutes de voiture d'ici. Concernant l'école, les inscriptions se font directement à la mairie. C'est un petit village et l'école ne contient que trois classes. J'espère que cela ne vous dérange pas. Anaïs y est aussi. Demandez à Caroline si vous souhaitez en savoir davantage.

— D'accord et j'aimerai connaître aussi un peu le domaine si cela ne vous dérange pas.

— Au contraire. Cela sera avec plaisir. Je demanderai à John de prendre le temps de vous le faire visiter.

Au nom de John, des réminiscences de mon rêve me reviennent et un léger frisson parcourt mon dos.

— Madame Anna, lui fait Monsieur Beaumont, je ne pense pas que John soit disponible aujourd'hui. Vous savez bien qu'il y a ces deux personnes de l'agence de rencontre qui arrivent aujourd'hui.

Une moue dédaigneuse apparait sur le visage de Madame Richard.

— C'est vrai, j'avais oublié cela. Il ne peut rien faire comme les autres, trouver une personne qu'il aimera…

— Peut-être qu'une de ses deux prétendantes sera l'élue Madame Anna.

— Pffff… en tout cas, elles ont intérêt à ne pas se mettre dans mes jambes et de se fondre dans le paysage. Si elles veulent se marier à John, elles vont devoir s'intéresser au domaine et à ce qu'il s'y passe.

J'écoute avec attention leur discussion. Monsieur Beaumont m'avait expliqué que John se retrouvait dans une situation ambiguë où il devait se marier pour récupérer l'héritage que son père lui a laissé et ainsi devenir de plein droit propriétaire du domaine. Mais de là à faire appel à une agence de rencontres.

— Il n'y a pas d'autres solutions pour qu'il puisse récupérer le domaine sans qu'il soit dans l'obligation de se marier ? Leur demandé-je.

— Hélas non! Quand le testament a été lu et que John a découvert la clause inscrite par son père, il a en quelque sorte… péter les plombs. Moi-même, j'ai été surprise, David ne m'ayant jamais fait part de son changement. Nous avons tout essayé, le notaire nous a assuré que cette clause ne peut être annulée. Cela faisait partie de ses dernières volontés, il avait été catégorique sur ce point. Pourquoi ? Je ne sais pas. Je sais que David et John étaient en froid par rapport à l'évolution du domaine. David n'était pas très révolutionnaire dans sa façon de travailler, il avait du mal avec les nouvelles méthodes. John est revenu de son école avec tellement d'idées, il les a rapidement mises en application. Cela a fonctionné, car l'entreprise a vite évolué et mon mari a eu l'impression de ne plus se sentir le maître chez lui. Il savait très bien que John n'était pas prêt pour le mariage. Est-ce sa façon de lui faire comprendre qu'il n'a pas apprécié qu'il fasse évoluer l'entreprise familiale sans son accord ? Personne ne pourra nous le dire maintenant. Mon fils est tellement passionné par ce domaine. Déjà tout petit, il suivait son père partout et tout a dégénéré par la suite. C'est tellement triste. Tout ce que je vois maintenant, c'est que John ne fait pas les choses correctement par colère contre son père et j'en suis tellement désolée.

Monsieur Beaumont lui tapote gentiment le bras pour la consoler.

— Madame Anna… je suis sûr que tout va bien se passer, ne vous inquiétez pas.

— Oh Charles, comment ne pas m'inquiéter quand je vois…

Elle relève la tête vers la porte ne finissant pas sa phrase et je vois John entrer avec un autre homme. Ils sont en pleine discussion et ils ne nous ont pas encore vus.

Mon cœur se met à battre la chamade. Je baisse la tête pour essayer de me reprendre. Putain, mais qu'est-ce qu'il m'arrive ? Je n'avais plus ressenti ce genre de sensation depuis ma période de lycée, depuis Nathalie et la naissance de Chloé. J'avais banni tous mes sentiments pour m'occuper de ma fille. Alors pourquoi, dès que je le vois, mon corps me fait pleins de trucs bizarres, mon cœur palpite plus vite et que j'ai le bas du ventre qui frétille ? Et ce rêve… Je ne l'ai vu qu'une seule fois et j'ai malgré moi le sentiment que de côtoyer John peut me mener vers un avenir où travail et plaisir ne peuvent faire qu'un.

— Papa Papa … regarde, j'ai une nouvelle copine.

Je relève la tête et je vois Anaïs courir vers son père trainant Chloé derrière elle. La personne que je suppose être Éric soulève sa fille dans ses bras pour lui faire un câlin. Il la repose et pose un genou à terre pour se mettre à la hauteur de Chloé.

— Bonjour Chloé. Enchanté de te connaître. Tu vas voir, tu vas te plaire ici.

— Monsieur John, Monsieur John … tu connais ma copine ? Fait Anaïs en secouant son pantalon.

Mon regard se porte vers l'interpellé. Celui-ci a ses yeux fixés sur moi et j'ai de nouveau un frisson d'excitation qui s'empare de mon être sous la caresse de son regard.

— Monsieur John, tu bugge, tu réponds pas ?

— Anaïs ! Ton langage ! Lui fait remarquer son père.

John baisse enfin ses yeux vers elle en souriant me permettant de me reprendre en échappant à ses yeux hypnotiques.

— Non ma puce, je ne bugge pas, j'admirais quelque chose ou plutôt… il jette un œil vers moi puis la regarde de nouveau, eh oui, j'ai déjà fait connaissance avec Chloé. Bonjour Chloé, alors tu te plais ici ?

— Bonjour Monsieur John, fait ma fille en reprenant les termes de sa nouvelle copine. Oui je pense que je vais bien m'amuser ici. Anaïs m'a dit qu'elle allait me faire découvrir pleins de cachettes pour jouer aux princesses.

Je ne les écoutais plus, j'étais focalisé sur ce qu'il venait de dire. *Il admirait quelque chose.* C'était moi qu'il fixait. Qu'est-ce que je devais comprendre ? Qu'il m'admirait ? Il ne pouvait pas avoir dit ça à propos de moi. J'étais toujours dans mes réflexions, Madame Richard me fit sortir de mes pensées troublantes en lui demandant :

— Bonjour mon fils. Quand est-ce que tes futures petites amies arrivent ?

— Maman ! Arrête. Ce ne sont pas forcément mes petites amies. Je vais apprendre à les connaître et voir ce qu'il se passe. J'espère juste trouver la bonne rapidement afin de me marier au plus vite et récupérer ce qui me revient de droit. Elles arrivent vers 11h00 – 11h30.

— Ne va pas trop vite mon fils…

— Ne t'inquiète pas… Il se retourne vers moi et me détaille de la tête aux pieds, un air gourmand dans le regard. Bonjour Émile, ta fille et toi êtes bien installés ?

— Bonjour Monsieur Richard, dis-je surprise par sa familiarité. Oui…

— Appelle-moi John et on va se tutoyer. Après tout, nous sommes pratiquement du même âge et nous allons travailler ensemble, cela serait plus amical. Cela te convient ? Me dit-il en posant une main sur mon épaule.

— Oui … avec plaisir … John.

Une étincelle apparait dans ses yeux au moment où je prononce son prénom, son pouce caresse rapidement la base de mon cou créant en moi une multitude de sensations ainsi que de légers picotements qui parcourent l'intégralité de mon corps. Mon rêve me revient de nouveau en mémoire et surtout l'effet que ses doigts ont eu sur mon corps.

Un petit sourire apparaît sur ses lèvres pleines et il retire sa main avant de s'asseoir à mes côtés. Pourquoi je remarque sa bouche moi ?

— Qu'as-tu prévu aujourd'hui ?

— Je dois aller inscrire Chloé à l'école et voir s'il existe un centre aéré pour que je puisse la déposer pour les quatre prochaines semaines avant la rentrée scolaire.

En entendant cela, Caroline me propose de garder Chloé avec sa fille insistant sur le fait que ça ne la dérangeait pas du tout, bien au contraire. Anaïs ne serait plus dans ses jambes et aurait quelqu'un avec qui jouer. J'accepte volontiers, la remerciant de sa proposition, je me lève pour quitter la pièce. Je n'arrive plus à réfléchir correctement, la présence de John à mes côtés me déstabilise, me trouble.

— Je vous laisse, je vais finir de déballer mes affaires et ensuite, j'irai au village.

— D'accord Émile. Je vous tiendrai au courant pour la visite du domaine.

— Bien Madame.

— La visite du domaine ? Dit John avec surprise.

— Oui, Émile m'a demandé s'il était possible de lui faire une visite complète afin de savoir pour quoi il travaille. C'est une très bonne idée, j'avais d'abord pensé à toi, mais tu vas être très occupé prochainement avec tes deux … enfin, je vais voir comment m'organiser avec Éric. Allez-y Émile, je m'en occupe rapidement.

Je remonte dans ma chambre et je décide d'appeler ma mère avant de partir. Elle doit être dans tous ses états et inquiète comme je la connais, elle doit se faire du souci. J'étais trop fatigué hier pour lui téléphoner et si je ne le fais pas ce matin, elle risque d'ameuter toute la région.

— Bonjour Maman !

— Ah enfin Émile, je me demandais si tu m'avais déjà oubliée en partant aussi loin !

— Mais non Maman, je suis arrivé hier, laisse-moi le temps de m'installer quand même. Et puis, je t'appelle là !

— Oui, bon… comment cela se passe mon fils ? Tu es bien installé, tu as rencontré ton nouveau patron ? Et Chloé ? Ça va ? elle n'est pas trop perdue ? Elle ne te colle pas trop ?

Si son flot de questions continue, je ne vais pas pouvoir en placer une, mais je m'en doutais déjà et je la coupe en commençant par le cas Chloé.

— Ta petite-fille va très bien, elle se plait déjà dans son château de princesse comme elle aime le dire depuis notre arrivée. Caroline et Éric ont une fille du même âge Ils sont également employés au domaine et vivent ici. Les deux gamines sont devenues déjà très copines… des vraies tornades ces deux-là !

— Oh… je ne lui manque même pas un petit peu ?

Je sens la déception dans sa voix. Chloé rentre à ce moment-là et me demande avec qui je suis. Je lui articule un «*Mamie*» et elle se précipite vers moi pour me prendre le téléphone.

— Maman, tu resteras toujours sa Mamie préférée et d'ailleurs, elle n'en a pas d'autres… mais tu connais Chloé, c'est tout nouveau pour elle et avoir une nouvelle copine dans le milieu où elle vit… ah bah d'ailleurs, elle veut te parler, je te la passe…

— Mamie ? Bonjour ma petite Mamie d'amour, tu sais quoi, eh bien, j'ai déjà une nouvelle copine qui habite avec moi et…

Je la laisse dans sa conversation avec ma mère en sachant très bien que cela risque de durer un certain temps et commence à ranger deux trois choses dans l'appartement. Au bout d'une vingtaine de minutes, Chloé me ramène le téléphone.

— Tiens Papa, Mamie veut te parler ! Je retourne voir Anaïs…

— Merci ma puce, Maman ? Un instant s'il te plait… Chloé ? Tu voulais me dire quelque chose pour que tu viennes me voir ?

— Non, je voulais juste savoir où tu étais mon petit Papa, me dit-elle en me faisant un câlin tout en étant collée à ma jambe.

Je me penche et l'embrasse sur le haut du front en comprenant qu'elle doit se sentir tout de même un petit peu perdue dans ce nouvel endroit.

— Je dois partir faire quelques courses tout à l'heure, mais je viendrai te prévenir, d'accord ? Cela ira si je te laisse ici toute seule avec Anaïs et Caroline ?

— Oui, t'inquiète pas, je suis une grande maintenant !

— Oui, je le vois ma puce, allez va jouer, je vais discuter avec Mamie.

— D'accord, à tout à l'heure Papa, me lance-t-elle en refermant la porte derrière elle.

— Maman ? Tu vois que ta petite fille va bien, tu es rassurée ?

— Oui mon fils. Et toi, comment vas-tu ?

Je me place devant ma fenêtre pour admirer le paysage et je vois John se diriger vers les champs. Je le regarde partir en détaillant sa silhouette. Il y a dix ans, j'aurais sûrement couru après lui pour le découvrir… dans tous les sens du terme, mais aujourd'hui… j'ai mûri et j'ai Chloé. N'empêche que j'ai des envies qui me reviennent à son contact et qui me troublent. Je reviens à la réalité quand j'entends ma mère m'interpeller.

— Émile ? Tu es toujours là ?

— Oui je suis là Maman. Je ne commence mon poste que lundi, mais déjà, nous allons vivre dans un superbe endroit au milieu des champs de lavande. Tu verrais, c'est magnifique, je vais t'envoyer des photos. Je vais bien, je sens que je vais me plaire ici

— Tu as rencontré ton futur patron ?

— Oui, ma patronne et cela s'est très bien passé. Je dois remettre à jour toute leur comptabilité sur informatique, tout était encore consigné par écrit. Un boulot monstre quoi ! Son fils reprendra la suite plus tard.

— Son fils ? Pourquoi n'en a-t-il pas déjà la charge ?

— C'est juste que pour le moment, ce n'est pas encore officiel.

— Il est trop jeune pour cela ?

— Non, c'est un homme de mon âge à peu près.

— Il est marié ?

Elle commence à m'agacer avec toutes ses questions, elle ne veut pas non plus que je lui dise qu'il me perturbe à chaque fois qu'il est à mes côtés non plus.

— Non Maman ! Bon, écoute, faut que je te laisse, je dois encore faire pas mal de choses aujourd'hui.

— Mais Émile, je…

— Je te rappellerai Maman promis ! Je t'embrasse.

— Tu as intérêt mon fils, bisous.

Je raccroche tout en ayant toujours John dans mes pensées. Cet homme est tellement perturbant. Je ne saurais comment exprimer le pourquoi. Je regarde l'heure, le temps s'écoule à une vitesse. Je prends mes clés de voiture, mon portefeuille et vais avertir Chloé que je m'absente.

Chapitre 4

JOHN

Je me dirige vers le champ pour voir la nouvelle parcelle sur laquelle je souhaite planter à l'automne de nouveaux pieds de lavande. J'en profite pour regarder si tout se passe bien dans la floraison et j'en suis jusqu'alors très satisfait. La récolte va bientôt avoir lieu et je pense que le résultat sera très satisfaisant. Maintenant, il n'y a plus qu'à préparer tous nos produits dans le labo que j'ai créé spécialement pour cet usage. Jusqu'alors nous utilisons la lavande principalement dans la fabrication d'huiles essentielle. Après avoir été récoltées, séchées et pré-fanées, nous envoyons les fleurs de lavande à la distillerie pour en extraire l'huile. En parallèle, nous créons également des savons et de petits sachets de thé. J'aime aussi cette autre facette de mon travail qui implique de travailler la fleur. Cette année, avec les deux laborantins qui m'épaulent au laboratoire, nous avons décidé d'essayer de créer des sels de bain. Espérons que cela va fonctionner.

Cet endroit m'apaise et me permet de réfléchir. Les cigales commencent à se faire entendre, la journée va être encore chaude et nous ne sommes qu'au début du mois d'août. Dire que certains touristes se plaignent qu'elles font trop de bruit. Qu'ils aillent voir ailleurs, une Provence sans cigales, ce n'est plus la Provence.

Je me promène entre les rangées de lavande et laisse mes pensées vagabonder. Émile… cela va être compliqué de travailler à ses côtés sans le toucher. La peau de son cou était si douce sous mes doigts, cela m'a donné envie d'en toucher plus. Et la réaction qu'il a eue me laisse perplexe. Il a réagi comme s'il appréciait cette caresse imperceptible aux yeux des autres personnes présentes dans la pièce. Ce mec ne peut pas être totalement hétéro, ce n'est pas possible. Il est peut-être bi. Cette pensée me remonte le moral jusqu'à ce que je regarde l'heure. 10 h 45, bientôt l'arrivée de mes prétendantes. Je retourne vers la bâtisse. Si j'ai du mal à comprendre Émile, il doit en être de même pour lui. D'un côté, je l'attise avec mes regards et mes gestes et d'un autre côté, je vais me marier avec une femme… que je ne connais pas encore.

J'ai vraiment du mal à m'imaginer avec une femme. La seule personne que je vois dans mes bras et dans mon lit depuis hier, c'est mon comptable avec ses lunettes et son petit cul sexy. Eh merde ! Je ne vais pas accueillir mes deux invitées avec une érection. Cela serait sûrement mal vu. Surtout par ma mère qui a décidé qu'elle serait présente à mes côtés.

Toute cette histoire à cause de mon père. Mais je vais récupérer ce qui me revient de droit. À mes dépends c'est sûr, mais ce domaine, c'est ma vie.

J'arrive devant la maison au moment où je vois la voiture d'Émile partir. Il ne sera pas là quand je vais accueillir mes deux invitées et cela n'en sera pas plus mal.

Je vais pour rentrer chez moi lorsqu'un taxi arrive dans la cour. Ma mère sort de suite comme si elle attendait derrière la porte.

— Maman, tu es déjà là ?

— Comme si j'allais te laisser les accueillir seul. J'ai bien l'intention de ne pas te laisser faire n'importe quoi avec cette histoire.

— Je n'ai pas le choix Maman !

— On en rediscutera. Pour l'instant, allons accueillir ces deux-là !

Je lève les yeux au ciel « *Tout ça à cause de toi Papa !* ». Je me retourne vers la voiture qui vient de s'arrêter, ma mère à mes côtés.

Une seule femme en sort. Elle est blonde, les cheveux longs, les lunettes de soleil sur son nez m'empêchent de voir ses yeux. Elle est plutôt plantureuse. Sa poitrine est mise en valeur dans son chemisier dont les premiers boutons sont défaits laissant entrevoir la vallée de ses seins. Une jupe échancrée sur sa cuisse laisse découvrir des jambes bien galbées. Elle fait très grande montée sur une paire de chaussures avec des talons aiguilles d'environ dix centimètres.

J'entends ma mère renifler avec dédain.

— Si elle croit qu'elle va tenir longtemps avec ça aux pieds dans les champs, je sens que je vais vraiment rigoler. J'ai hâte de voir ça !

— Maman, c'est pour donner bonne impression, lui dis-je doucement.

— Oui oui, c'est ce que tu crois. Tu as vu son allure, elle n'est pas du genre à bosser, elle risquerait de se péter un ongle.

Laissant ma mère et ses remarques mesquines, je me dirige vers la jeune femme.

— Bonjour, je suis John Richard, la personne pour qui vous êtes venue.

Elle lève ses lunettes et me regarde de la tête aux pieds avec un petit sourire. Je remarque enfin ses yeux que je trouve trop maquillés à mon goût.

— Bonjour, je suis Sophie me dit-elle d'une voix qui se veut sensuelle, mais qui ne me fait aucun effet. Elle me tend la main comme si j'allais lui déposer un baiser dessus.

Je commence à penser que ma mère n'avait peut-être pas tort, mais ce n'est pas cette femme qui va faire sa loi ici. Je la lui prends et la serre comme avec toute personne de mon entourage. Une légère crispation se fait sur sa bouche. Elle se reprend rapidement en m'adressant un petit sourire.

— Je suis heureuse de faire votre connaissance et aussi d'être arrivée. La route a été longue et c'est magnifique ici.

— Bienvenue mais… ne devait-il pas y avoir une deuxième personne avec vous ?

— Oh si ! Elle était avec moi à la gare, on attendait le train ensemble et je n'ai pas compris, au bout de quinze minutes d'attente pendant lesquelles on discutait, elle a pris ses valises et est repartie en disant qu'elle ne pourrait pas supporter ça. Elle a eu sûrement peur de ne pas faire le poids face à moi, me dit-elle en se penchant vers mon oreille.

Je recule et la regarde. Cette femme a l'air d'être un peu trop sûre d'elle, voire même superficielle. Elle doit jouer de son physique pour atteindre ses buts. Je vais rappeler l'agence pour savoir ce qu'il s'est réellement passé avec l'autre candidate. Pour l'instant, il va falloir faire avec elle, je n'ai pas le choix. Mais c'est clair, cela ne sera jamais mon véritable choix. Émile me traverse l'esprit à ce moment-là et je commence à bander. Le devant de mon pantalon laisse apercevoir une légère bosse que Sophie remarque évidemment vu la façon dont elle me reluque depuis son arrivée. Son sourire s'approfondit sur son visage et elle passe sa langue sur ses lèvres. Eh merde, voilà qu'elle pense que j'ai une érection à cause d'elle. Après tout, je dois me marier alors autant la laisser penser qu'elle me fait de l'effet.

Au moins, j'ai ma solution pour bander devant une femme, je n'ai qu'à penser à Émile. Cette idée me redonne le moral.

Le chauffeur du taxi dépose les bagages et s'en va. Une quantité de valises s'amoncelle dans la cour. Ce n'est pas possible, elle a dû venir avec toute sa garde-robe.

Je me retourne vers ma mère qui lève les yeux au ciel. Elle marmonne «*Qu'est-ce que je disais, une princesse qui croit arriver dans son château*». Sa remarque me fait sourire, car elle me fait penser à Chloé et son château de princesse.

— Sophie, je vous présente ma mère, Anna Richard.

— Bonjour Anna, heureuse de vous rencontrer…

— C'est Madame Richard. Bonjour, John va vous montrer où vous pouvez poser vos bagages. Je vous laisse, j'ai des obligations qui m'attendent.

Elle s'en va en me lançant un regard qui me fait comprendre qu'elle désapprouve complètement ce choix.

Sophie a l'air choquée de l'accueil de ma mère.

— Eh bien, ta vieille n'a pas l'air très aimable !

— Pardon, la vieille est ma mère et la propriétaire de ce domaine ainsi que de cette entreprise. Si vous voulez faire votre place ici, il va falloir commencer par adopter un autre comportement.

— Je … désolée John, je ne voulais pas vous offusquer, je me suis laissée emporter par ma confusion devant son accueil.

— Ce n'est pas une raison Sophie. Ici nous sommes tous respectueux les uns envers les autres. Vous apprendrez à le découvrir, nous sommes tous une famille et partageons beaucoup ensemble. Je vais vous aider avec vos bagages et vous montrer où vous allez loger.

— Oui merci et… excusez-moi encore, je ne voudrais pas que nous commencions à nous connaître sur une bévue de ma part.

— Je l'espère Sophie, suivez-moi, je vais vous montrer votre chambre.

Je prends quelques valises et l'attends. Elle semble comprendre que personne d'autre ne va venir l'aider et qu'elle va devoir se débrouiller avec le reste de ses bagages. Quand je la vois prendre les deux valises restantes, son Vanity et son sac à main, tout ça monté sur une paire d'escarpins, l'image d'un âne chargé me vient en tête. Elle commence à avancer et manque de tomber, elle se reprend rapidement et se redresse en soufflant. Eh oui ma grande, ici il va falloir te débrouiller par toi-même. Je me retourne pour éviter qu'elle remarque le sourire qui m'est venu.

— Il va falloir penser à prendre d'autres chaussures. Celles que vous avez ne vont pas convenir ici.

— D'autres chaussures, pourquoi ?

— Nous sommes à la campagne et si vous souhaitez que l'on se promène dans les champs afin de vous faire découvrir notre beau domaine, il va falloir vous équiper autrement.

— Oh oui … bien sûr … des promenades dans la campagne … oui oui … j'ai amené une autre paire qui devrait correspondre, me fait-elle d'un air déconfit.

Je suis surpris par la tête qu'elle fait, elle s'attendait à quoi en venant, à faire bronzette au bord de la piscine et rien d'autre ? Si elle a postulé pour me rencontrer, elle devait bien penser qu'elle devrait me connaître, et me connaître implique le domaine.

Il faut que je me reprenne, elle n'est là que depuis quinze minutes, je dois lui donner une chance. Après tout, elle est venue et je dois me marier. Autant tout faire pour que cela fonctionne.

Je l'emmène vers sa chambre, elle profite pour regarder tout autour d'elle.

— Mais c'est magnifique chez toi. Oh ! Cela ne te dérange pas si l'on se tutoie ? Après tout, je suis là pour faire plus ample connaissance avec toi et plus si affinités…

Je fais apparaître un sourire de façade sur mon visage.

— Non bien sûr que cela ne me dérange pas. Tiens, voici ta chambre, lui fais-je en lui ouvrant la porte.

Elle rentre et pose ses bagages au milieu de la pièce.

— Tu trouveras derrière cette porte un dressing pour ranger tes affaires et derrière celle-ci, la salle de bain.

— Elle est superbe merci.

Elle s'approche de moi d'une démarche féline. D'accord… les avances vont déjà commencer. Il va falloir entrer dans le jeu dès maintenant.

— Et ta chambre ? Elle se situe loin d'ici ? Me demande-t-elle en passant un doigt le long de mon torse.

Je lui prends la main et la garde dans la mienne.

— Elle est dans l'autre partie de la maison. Tu es ici dans l'aile des invités. Tu souhaites ranger tes affaires maintenant ou préfères-tu le faire cet après-midi ? Le déjeuner va être servi d'ici une demi-heure, je pourrais en profiter pour te faire visiter les lieux, si tu le souhaites ?

— On peut … peut-être discuter un peu le temps que je commence à ranger mes affaires. Et ensuite, nous pourrions aller déjeuner ensemble ?

— Pourquoi pas.

Je m'installe dans le fauteuil près de la fenêtre et elle commence à ouvrir ses valises. Elle sort plusieurs robes qu'elle va ranger dans le dressing. J'espère qu'elle a pensé à prendre d'autres vêtements, car tout cela ne lui servira pas beaucoup ici.

— Alors dis-moi Sophie, que fais-tu dans la vie ?

— Je travaille comme secrétaire dans l'entreprise de mon père, me dit-elle du fond du placard.

— Quel genre d'entreprise ?

Un silence se fait. Je ne l'entends plus.

— Sophie ?

— Du genre … du genre … il fabrique des produits de beauté.

— Cela te pose un problème d'en parler ?

— Euh non, mais … il n'est pas au courant que je suis ici et je n'ai pas trop envie de développer là-dessus, fait-elle en revenant dans la pièce. Et je ne suis pas là pour parler de mon père. Je préfère que l'on parle de nous.

Elle me fait un grand sourire et enlève quelques affaires de sa valise. J'approfondirai plus tard le point de son père, car j'ai l'impression qu'elle me cache quelque chose. Je déglutis quand je vois ce qu'elle a en main et qu'elle prend un malin plaisir à plier lentement. Elle sort un à un ses ensembles de sous-vêtements et les tend devant elle pour ensuite les plier et les poser dans le tiroir de la commode. String, soutien-gorge et body en dentelle, en plusieurs couleurs et tout y passe. Elle me montre tout sans gêne.

— Ce que tu vois te plait ?

Je me sens mal à l'aise devant cet étalage et je ne sais pas quoi répondre

— Ne fais pas ton grand timide voyons ? Je les ai achetés rien que pour toi !

— Hum… oui oui très joli… je crois que c'est l'heure de manger, allons rejoindre les autres.

Je me lève prestement et me dirige vers la porte. Elle se met à rire devant mon embarras.

— Tu devrais voir ta tête John, on dirait que tu n'as jamais vu de string de ta vie. J'aime les grands bonhommes comme toi qui font les grands timides. Je suis sûre que le soir, tu deviens une tout autre personne. J'ai hâte de voir ça, me fait-elle en se collant à moi et en descendant ses mains sur mon torse. Et ce que je sens en dessous de ce tee-shirt me semble des plus intéressants.

J'attrape ses mains et la dirige vers les escaliers.

— Ça, tu le découvriras plus tard, je ne me dévoile pas au premier rendez-vous, sinon il n'y aurait plus de surprise.

— Je sens que je vais aimer ça.

Mon dieu, mais dans quel merdier je me suis fourré. Cela n'aurait pas pu être une gentille fille, non il a fallu que je tombe sur une chaudasse, une qui n'a pas froid aux yeux et qui veut tout, tout de suite. Pourquoi n'ai-je pas écouté ma mère ? Pour le domaine, pour être certain que ce dernier ne tombe pas entre les mains de ce Lacausse.

Nous descendons dans la salle à manger, elle s'est accrochée à mon bras et me questionne sur le domaine. Enfin un bon point pour elle.

— Alors dis-moi John, tu gères une entreprise qui cultive la lavande. Est-ce quelque chose qui t'a toujours passionné où tu t'en occupes parce que tu n'as pas le choix ?

— Ce lieu est ma passion. Je vis pour lui et pour le faire évoluer, pour m'épanouir et en faire profiter ma famille.

— Que fais-tu avec la lavande exactement ?

Je commence à lui expliquer ce que nous faisons et produisons, de l'évolution de l'entreprise tout en nous dirigeant vers le lieu du repas. Sophie regarde partout autour d'elle comme si elle était curieuse de l'environnement dans lequel elle est arrivée.

— Et avec ce que tu produis, tu arrives à faire évoluer ta société ?

Est-ce qu'elle a écouté ce que je viens de lui dire ? J'ai bien l'impression que non, je viens pourtant de lui faire un court topo de ce qu'il se passe actuellement, mais elle n'a pas l'air d'avoir écouté un seul mot de mon laïus. Il faut lui laisser le temps d'arriver. Cela va venir par la suite. Enfin, j'espère.

Nous sommes interrompus par des rires de petites filles. Anaïs et Chloé sont en train de courir dans le couloir et nous bousculent en passant.

— Oupsss, pardon Monsieur John, je ne t'avais pas vu. Chloé cherche à m'attraper et je ne veux pas être le chat.

— Doucement les filles, vous risquez de vous faire mal.

— Oui promis, on fait attention.

Anaïs repart en passant à quatre pattes entre les jambes de Sophie, Chloé la suivant de près. Celle-ci perd l'équilibre et je la rattrape avant qu'elle ne tombe.

— Anaïs ! Chloé ! Attention !

— Mais c'est qui ces gamines ? Elles font quoi ici ? Ce n'est pas un lieu pour des enfants ? Sales petits monstres, vous ne pouvez pas faire attention !

Chloé et Anaïs sont stoppées dans leur élan sous l'éclat de colère de Sophie. Je n'apprécie nullement ses paroles et la façon dont elle parle aux filles. Celle-ci a l'air de s'apercevoir que ce qu'elle a dit n'a pas l'air d'être apprécié. Elle se met à rire en se redressant.

— Excusez-moi les filles, mais vous m'avez fait peur. C'est sorti tout seul. Mais faites attention quand vous courez comme ça dans les couloirs, vous pouvez blesser quelqu'un par inadvertance.

Je regarde Sophie d'un air suspicieux. Quel retournement, mais elle a vraiment pu sortir ses mots sous le coup de la peur.

Je me retourne vers les filles et me mets à leur hauteur.

— Approchez les filles. Je vous présente Sophie qui va passer quelques jours chez nous. Et vous allez gentiment vous excuser de l'avoir bousculée, d'accord les puces. Sophie a raison, il faut faire attention quand vous vous amusez dans la maison.

— Oui Monsieur John, me disent-elles en chœur. Elles se retournent vers Sophie et présentent leurs excuses en l'appelant Madame Sophie.

Celle-ci les accepte dans un sourire crispé. Le «Madame Sophie» n'a pas dû lui convenir. Enfin bref, je prends gentiment la main de Sophie pour lui faire oublier cette petite altercation et l'entraîne vers la salle à manger.

EMILE

J'ai pris un sandwich en faisant mes courses, me permettant de prendre un peu de temps pour moi et de profiter un peu des environs et du village.

Les gens ici sont vraiment accueillants et m'ont dirigé à chaque fois que j'en ai eu besoin.

J'ai même rencontré le futur instituteur de Chloé lors de son inscription à la mairie, Olivier. Un jeune homme très charmant soi dit en passant avec qui je suis allé prendre un café. Il m'a expliqué comment fonctionnait l'école et le programme qu'il préparait pour l'année. Sa classe comporte des CE2, CM1 et CM2. Il veut vraiment préparer les élèves pour que l'évolution se passe en douceur. Cette classe à 3 niveaux permet d'aider aussi bien les plus faibles et faire progresser les plus doués. Et surtout, il veut préparer sa classe de CM2 à l'entrée au collège. Cela se voit qu'il aime son métier et cela me rassure pour Chloé qui arrive dans un milieu qu'elle ne connait pas.

Je passe un agréable moment avec Olivier. Il m'explique que le village fait diverses animations et que le prochain évènement se passera d'ici quinze jours. Cela sera un bal du village pour fêter la fin des vacances avec feu d'artifice. Le programme de cette soirée a l'air sympa et je lui dis que je viendrai avec Chloé. Il a l'air heureux de ma réponse et me donne rendez-vous pour cette date afin de m'accompagner et de me présenter aux familles et ses amis.

Le rendez-vous pris, je me lève pour rentrer chez moi. Il se lève également, se rapproche de moi et me serre la main tout en me faisant une accolade. Je suis surpris par son geste quelque peu familier pour une personne qu'il vient de rencontrer. Son sourire chaleureux me fait une drôle d'impression, puis je me dis qu'il est fait sûrement partie de ces personnes qui sont très tactiles. Je lui rends son accolade et je recule afin de partir. Il me détaille de la tête aux pieds et s'en va en me disant à bientôt accompagné d'un clin d'œil.

Je me remémore cette fin de rencontre en me dirigeant vers la voiture en me disant que ce comportement était un peu bizarre. Après tout, il va être l'instituteur de Chloé, on peut peut-être devenir amis. Et des amis peuvent être parfois chaleureux et familiers.

Je rentre vers le domaine et me mets à penser à John. Lui aussi a un comportement bizarre. J'espère vraiment que nous allons nous entendre et pouvoir travailler ensemble malgré l'effet qu'il me fait.

D'une façon ou d'une autre, il va se marier, je me fais vraiment des idées sur toutes ses petites attentions : son regard du matin, cette caresse dans mon cou… cela doit sûrement être dû à cette abstinence sexuelle que je me suis imposé depuis la naissance de Chloé. Je dois commencer à être vraiment en manque pour que tout ce côté que j'ai tenu éloigné de moi ressorte d'un seul coup, juste en étant pris dans les bras d'un homme qui a tout pour réveiller ma libido. D'où mon rêve.

Arrête Émile, il va être ton patron, tu dois assurer ta place au sein de l'entreprise pour le bien de ta fille.

Je gare ma voiture sur le parking. Je commence à ouvrir le coffre pour décharger mes achats lorsque Chloé arrive en courant vers moi.

Je l'attrape au vol et la fais tournoyer. Elle éclate de rire et ouvre les bras pour faire l'avion. C'est un petit jeu que nous avons mis en place tous les deux quand je revenais après une absence. J'adore ces petits moments avec elle, mais elle commence à grandir et son poids ne va plus me permettre d'effectuer encore ce petit rituel avec elle.

— Coucou ma puce. Pfff… tu deviens de plus en plus lourde…

Elle se met à rire en me faisant un gros bisou sur la joue.

— Tu m'as inscrite à l'école d'Anaïs ?

— Oui et j'ai même rencontré ton instituteur.

— Il est gentil ?

— Oui, il l'est et je pense que tu vas te plaire dans cette école. Et toi, tu t'es bien amusée avec Anaïs ?

— Oui, elle m'a fait découvrir des cachettes et nous avons rencontré également Madame Sophie qui nous a disputé et nous a dit que nous étions des monstres.

— Madame Sophie ? Des monstres ? Qu'est-ce que tu me racontes ?

— Oui, la dame qui est avec Monsieur John. Nous étions en train de jouer à chat avec Anaïs et elle a failli tomber et du coup, elle nous a crié dessus. Mais Monsieur

John était là. Elle s'est arrêtée et Monsieur John nous a demandé de nous excuser et de faire attention quand on jouait dans la maison.

Le flot d'informations que me donne ma fille fait un peu fouillis, mais j'arrive à en comprendre l'essentiel.

— Monsieur John a raison ma puce, il faut faire attention quand tu cours, tu peux faire tomber quelqu'un sans faire attention. Tu imagines si tu avais fait tomber Madame Anna ? Elle aurait eu très mal et toi tu aurais été triste si elle avait eu mal, non ?

Elle me regarde avec des grands yeux désolés.

— Oui tu as raison papa. Je ferai attention la prochaine fois.

— Bien, allez, viens m'aider à décharger la voiture. J'ai acheté des affaires pour toi à mettre dans ta chambre.

— Youpi !

Elle saute de mes bras et se dirige vers le coffre. Elle ressort un gros pouf rose pour s'assoir dessus.

— Ooohhhh… il est beau, merci papa. Je vais le mettre tout de suite dans ma chambre et le montrer à Anaïs.

Je la regarde partir en souriant. Le pouf est plus grand qu'elle et elle ne voit pas trop où elle met les pieds. Tout en vérifiant qu'elle ne se fasse pas mal, je prends les autres paquets et me dirige également vers la maison.

Il fait très chaud et je commence à avoir soif. Je pose mes sacs dans l'entrée et me dirige vers la cuisine pour aller boire quelque chose de frais.

Je vais sur la terrasse avec mon verre de citronnade pour profiter du paysage. La vue est magnifique. Tout ce mauve de la lavande et ce ciel bleu donnent à cet endroit un air paisible et ressourçant. Une piscine est installée sur la gauche de la propriété et des transats sont placés sur un côté partiellement ombragé, permettant de profiter aussi bien du soleil et de l'ombre selon notre bon vouloir.

Une jeune femme apparaît à mes côtés, une serviette à la main.

— Bonjour, je ne vous ai pas encore vu ici. Vous êtes ?

— Bonjour, je suis Émile Duval, le comptable et vous ?

— Le papa de la petite Chloé, c'est ça ? Je suis Sophie, la future fiancée de John, me dit-elle en me tendant la main.

Je lui rends son salut et l'observe discrètement. C'est une belle femme qui sait apparemment ce qu'elle veut, le fait de se présenter déjà en tant que fiancée de John alors qu'elle ne vient que d'arriver me laisse penser que c'est une personne déterminée.

— Donc vous êtes le comptable, me dit-elle en s'installant sur un transat.

— Oui, tout à fait. Au fait, je vous présente mes excuses pour le comportement de ma fille tout à l'heure.

— Oh vous êtes au courant ? Ce n'est pas grave, ce ne sont que des gamines, elles feront plus attention la prochaine fois. Et cette entreprise fonctionne-t-elle bien ?

Eh bien, elle rentre rapidement dans le vif du sujet. J'espère que pour John, il n'y a pas que l'aspect financier qui l'intéresse.

— Je ne peux vous répondre, car je viens d'arriver et je ne commence que lundi.

— Oh, eh bien, je vais découvrir tout ça avec vous alors, me fait-elle avec un grand sourire.

— Excusez-moi, mais je ne pense pas que cela soit quelque chose que je verrai avec vous, lui dis-je un peu sur la réserve. Mon travail ne sera vu qu'avec mes patrons.

— Mais je vais être votre future patronne, vous vous devez donc de m'éclairer sur la situation financière de cette société.

Je reste estomaqué, son côté vénal me laisse sans voix. Je me reprends rapidement.

— Mais pour l'instant, cela n'est pas encore fait. Tout ce qui concerne la comptabilité ne vous concerne aucunement. Vous êtes là, il me semble, pour faire connaissance avec John et non pour sa société et votre comportement…

— Ce n'est pas un petit comptable qui va me dire comment me comporter. John a besoin d'une femme et je compte bien être celle-ci. Méfiez-vous que je ne vous fasse pas virer si vous vous montrez désagréable avec moi !

— Pardon, mais je ne m'en inquiète nullement, je ne dépends pas de vous et…

— Que se passe-t-il ici ?

Madame Richard apparait, John et Charles derrière elle. Sophie me regarde d'un air mauvais et reprend une figure souriante devant les nouveaux arrivants.

— Je faisais connaissance avec Émile, Madame Richard, lui dit-elle en se dirigeant vers John. Elle passe son bras sous le sien. Et il s'excusait du petit problème qu'il y eu avec sa fille tout à l'heure.

John la regarde avec un air perplexe.

— Il me semblait plutôt que vous vous disputiez.

— Mais non… n'est-ce pas Émile ?

Je ne dis rien et lève mon verre à mes lèvres pour m'éviter de répondre. Je vais me méfier de Sophie comme de la peste, ça c'est certain. Cette personne risque d'être une personne belliqueuse et j'espère que John fera le bon choix. D'ailleurs, en parlant de choix, où est la deuxième prétendante ?

John se dégage et se dirige vers moi.

— Ça va Émile ? Tu n'as pas l'air de bonne humeur ?

Ça c'est certain, pourtant cela avait bien commencé quand je suis arrivé sur la terrasse.

— Non, ne t'inquiète pas, je pense que je suis un peu fatigué après tout ce que je viens de faire aujourd'hui.

— Vous avez pu faire tout ce que vous vouliez, Émile ?

— Oui Madame Richard. Chloé est inscrite à l'école. J'ai pu également rencontrer son instituteur avec qui j'ai pris un café pour faire connaissance et fait les achats dont j'avais besoin.

John m'entraine vers le salon de jardin, occultant complètement Sophie qui me lance un regard noir.

— Viens t'assoir. Alors tu as rencontré l'instituteur de Chloé ? Il est sympa ?

— Plutôt, pour une première approche.

— C'est-à-dire ?

— Disons que c'est une personne très amicale et très tactile. Enfin, il est sûrement comme ça dans la vie, le principal, c'est qu'il soit un bon instituteur…

Je porte le verre à mes lèvres pour boire une gorgée tout en regardant John. Son visage reflète un agacement certain et il commence à marmonner quelque chose.

— Comment ça tactile ?

Madame Richard et Charles s'installent un peu plus loin sur les transats et Sophie se rapproche de nous en passant un bras autour des épaules de John. Celui-ci garde les yeux sur moi, attendant ma réponse.

— Je vais me chercher quelque chose à boire John, veux-tu que je te rapporte un verre ?

— Oui, si tu veux…

Son comportement confirme mes pensées. Elle se sent déjà totalement à l'aise en ces lieux alors qu'elle est arrivée ce matin. Elle veut le conquérir et va tout faire pour y arriver.

Elle s'éloigne non sans avoir déposé un baiser sur sa joue et en roulant des hanches, espérant attirer l'attention. John ne la remarque même pas et continue à me regarder.

— Comment ça… tactile ?

Je le regarde surpris, ne comprenant pas où il veut en venir.

— Eh bien comme quelqu'un qui aime bien toucher les gens parce qu'il les aime bien.

Ses yeux chocolat prennent une teinte plus sombre. Il place sa main sur mon genou et la remonte lentement.

— Tactile comme ça ou comme ça, me fait-il en passant son autre main sur mon cou et caressant un endroit particulièrement sensible chez moi sous l'oreille.

Je suis tétanisé, ma respiration devient un peu plus saccadée. Madame Richard et Charles ne peuvent pas nous voir, car ils nous tournent le dos. John continue à me caresser aux deux endroits où il a posé ses mains me procurant milles tourments et surtout une réaction dans mon pantalon.

— John ? Qu'est-ce que tu fais ? Lui dis-je dans un murmure pour ne pas nous faire surprendre.

Sa tête se rapproche de mon oreille et me dit :

— Je veux juste savoir comment il a été tactile avec toi et si cela t'a plu. Il t'a fait ça dis-moi, te procurant des frissons comme tu en as actuellement…

— No… non pas comme ça non, bafouillé-je.

— Voilà les verres, je n'ai trouvé que de la citronnade mon chéri, j'espère que cela t'ira, nous annonce Sophie en passant par la fenêtre avec un plateau.

John se recule rapidement et s'installe confortablement sur son siège. Le sourire qu'il affiche me fait comprendre qu'il est ravi de l'état dans lequel je suis.

Mais putain, il joue à quoi? Je remonte mes lunettes sur mon nez et un grognement se fait entendre de sa gorge. Il porte rapidement sa main sur son entrejambe, mais pas assez vite me permettant de voir ce qu'il veut cacher.

OK, il est dans le même état que moi là. Je ne comprends plus rien.

Sophie pose le plateau sur la table et remarque également la bosse que sa main ne peut que partiellement cacher. Un air ravi apparaît sur son visage et s'installe sur ses genoux sans lui demander quoique ce soit. Une des mains de John entoure sa taille pour la stabiliser et l'autre se pose sur ses genoux.

— Mais qu'est-ce que tu fais Sophie?

— Eh bien, je ne voudrais pas que les autres profitent de l'effet que je te fais mon chéri. Je préfère garder ça rien que pour moi, lui murmure-t-elle, mais assez fort pour que je puisse l'entendre.

L'incrédulité se lit sur le visage de John.

Je me lève rapidement pour les laisser tranquilles.

— Bon, je vous laisse, je vais finir de ranger mes affaires.

Lorsque je franchis la porte-fenêtre, j'entends John lui dire :

— Ne m'appelle pas chéri, nous n'en sommes pas encore là et assis-toi sur un fauteuil, il y en assez autour de la table.

Le regard que j'aperçois de Madame Richard n'exprime que dégoût et déception.

Je ne sais pas où cette histoire va mener John, mais il a intérêt de faire attention à lui. J'aimerais bien comprendre aussi son comportement envers moi et le mien également en retour.

Chapitre 6

EMILE

Chloé est partie dormir chez Anaïs et j'en profite pour me balader sur le domaine. Un ciel étoilé accompagne ma promenade, je profite tranquillement de ce moment de calme.

Les deux dernières journées ont été chargées entre mon arrivée, les différentes démarches administratives, les courses pour finaliser mon emménagement, déballer les cartons. Mais aussi Chloé à canaliser dans son envie de tout découvrir rapidement, l'arrivée de Sophie et ma totale incompréhension face à ce que me fait ressentir John alors que je ne l'ai rencontré que depuis avant-hier.

Dès qu'il me touche, me frôle, je suis pris de frissons et mon corps en demande plus. C'est loin tout ça pour moi et j'ai l'impression que tous ses gestes sont voulus et recherchés. Mais merde, il recherche une femme, il la courtise en quelque sorte devant moi et d'un autre côté, il s'amuse à m'attiser comme s'il savait l'effet qu'il me fait. Cet homme est un véritable paradoxe.

Et puis, il y a cette Sophie. Lorsque je l'ai rencontrée, le courant n'est pas du tout passé, c'est une personne qui a l'air complètement vénale, une arriviste mais je ne suis pas là pour juger. Il va falloir que j'apprenne à la connaître avant d'apporter un jugement. De toute façon, elle n'est pas venue pour moi, mais si John s'entiche d'elle, il va bien falloir que je m'y fasse, car elle sera ma future patronne.

Du bruit se fait entendre de la grange et de la lumière passe entre les lattes de bois. À cette heure de la soirée, je me demande bien qui peut encore y travailler. Je m'approche lentement et ouvre discrètement la porte. Ce que j'y découvre fait accélérer les battements de mon cœur. Je reste figé dans l'entrebâillement. Une réaction épidermique me fait redresser le poil de mes bras et serrer les dents plus fort. Ma réaction me fait comprendre que je suis foutu. Foutu, car je suis attiré par cet homme même si je ne le dois pas. Foutu, car il réveille en moi des sentiments que j'avais enfoui depuis très longtemps. Foutu, car il fait ressortir cette facette de moi que j'avais enterrée pour pouvoir élever ma fille. Foutu, car je sais que je vais en souffrir parce qu'il il n'est pas pour moi.

J'admire cette masse de testostérones qui tape avec des gestes précis sur un sac de sable pendu à une poutre. Chaque muscle de son corps se dessine sous la lumière de la grange, faisant ressortir en reflets les ombres de ses tendons en pleine action. Mes yeux descendent vers le reste de son corps, son survêtement semble posé sur ses hanches faisant ressortir le V en dessous de ses abdos. La fine couche de transpiration sur sa peau le fait briller telle une lumière attirant le papillon de nuit que j'ai l'impression d'être à cet instant. Mes doigts me démangent comme si d'instinct, ils voulaient connaitre chaque recoin de ce corps tentateur.

Il se déplace légèrement autour de son sac et je rentre dans son champ de vision.

— Em ?

Em ? C'est nouveau… j'aime plutôt bien.

— Salut, tu te défoules ?

— Oui, j'en ai besoin, trop de choses se passent en ce moment. J'ai besoin d'évacuer le trop plein en tapant sur ce sac à défaut d'autre chose, me fait-il en souriant et en me faisant un clin d'œil. Il se déplace vers une caisse où est posée une bouteille de scotch. Ou sinon, j'ai ça aussi. Tu m'accompagnes ?

Je ricane bêtement et m'approche de lui.

— Tu pourrais te défouler avec Sophie ?

— Humm… tu veux vraiment que je parle sexe avec toi et de Sophie ? Pourquoi pas, mais alors tu m'accompagnes ? Parce qu'il va me falloir pas mal d'alcool pour…

— Stop ! Je ne veux rien savoir !

John se met à rire et me montre la bouteille.

— Tiens, prends la bouteille et si cela ne te gêne pas, je vais continuer à taper un peu.

Je m'assois sur une botte de foin, la bouteille entre les mains. Je la porte à la bouche et fais couler le liquide dans ma gorge. John m'observe et une sorte de grommèlement se fait entendre, ses yeux suivent mon geste et s'agrandissement quand je passe ma langue sur mes lèvres. Je lui souris. Moi aussi, je peux jouer au même jeu que lui. Il commence à taper dans son sac et s'arrête d'un coup pour venir s'assoir à côté de moi.

— Je crois que c'est terminé pour moi ce soir, me dit-il en jetant ses gants à côté de lui.

Il me prend la bouteille des mains et avale une gorgée de whisky.

— Dis-moi, il ne devait pas y avoir une autre candidate ?

— Si, mais apparemment, elle a fait demi-tour à la gare d'après les dires de Sophie. Donc, elle se retrouve seule en lice. À moi d'apprendre à la connaitre maintenant.

— Tu n'as pas l'air heureux de la situation, on dirait. Pourtant, tu vas pouvoir te marier et récupérer le domaine.

— Je vois que ma mère t'en a déjà parlé. Oui, je vais pouvoir le récupérer, mais c'est de la façon dont cela se passe qui ne me convient pas, me fait-il en me redonnant la bouteille après en avoir bu encore un peu.

— Quelle façon ?

— Être forcé de me marier pour avoir ce qui normalement me revient de droit. Ce foutu testament que mon père a laissé m'a mis la corde au cou. Si je ne me marie pas, mon domaine va aux mains de notre pire concurrent et cela, jamais. Mon père m'a fait un dernier pied de nez avant de partir. Il doit bien rigoler là-haut. Foutu emmerdeur !

Je lui retends la bouteille. Le peu que j'ai bu me fait tourner la tête, j'ai perdu l'habitude de boire depuis la naissance de Chloé, j'ai l'impression de me retrouver sur un petit nuage.

— Tu ne t'entendais pas avec ton père ?

— Oh si, même très bien. Jusqu'à ce que je revienne de l'école avec mes idées d'innovation. Notre relation a commencé à se dégrader, il n'acceptait pas que je fasse évoluer notre entreprise. Pourtant, les chiffres suivaient, notre entreprise devenait rentable. Et cela ne lui a pas plu, car c'était encore lui le chef de famille, le patriarche et que les idées ne venaient pas de lui. Il m'en a fait baver avec ses commentaires et ses refus sur certains projets. J'étais pourtant sûr de moi et je voulais qu'il en soit fier. Je n'ai pas écouté et j'ai continué. J'aurais dû faire plus attention et blesser moins son ego. J'étais trop obnubilé par la croissance de notre entreprise et je n'ai pas fait attention à lui. Et maintenant, voilà où j'en suis. Il est mort et je suis obligé de me marier et d'avoir un enfant.

— Tu ne voulais pas te marier ?

Le regard de John se fixe sur moi, semblant réfléchir à la question. Il prend une gorgée du breuvage et me tend de nouveau la bouteille. Nous commençons tous les deux à être dans un état second, un état léthargique qui nous entraine à parler de choses qui normalement ne devraient pas entre deux personnes qui viennent de se rencontrer et surtout d'un patron à son employé.

— Je ne sais pas. Peut-être que si, mais avec la bonne personne. Une personne qui représente beaucoup pour moi, qui fait vibrer mon cœur et mon corps, une personne en qui je peux avoir confiance et qui me donne sa confiance, une personne avec qui je n'aurais aucun secret et avec qui je peux discuter de tout, une personne qui aimerait ce domaine comme moi, je l'aime. Oui peut-être avec ce genre de personne, je pourrais envisager le mariage, quant à avoir un enfant avec elle ? Ce n'est pas vraiment poss… enfin bref, je ne pensais pas que je devrais me marier par obligation pour pouvoir récupérer ce lieu qui m'appartient de droit.

Tout en parlant, John essaie de défaire les bandes autour de ses mains. Le voyant en difficulté, j'en prends une dans les miennes et commence à l'aider. Elles sont chaudes entre mes doigts, il se laisse faire ayant l'air d'apprécier mon assistance.

— Et Sophie ?

— Quoi Sophie ? Me dit-il avec un ricanement. Je croyais que tu ne voulais pas que je te raconte mes histoires de cul !

— Sophie n'est pas ton genre ?

— Disons que je préfère les cheveux bruns et les yeux bleus me dit-il en me fixant, une lueur de concupiscence dans son regard.

Je déglutis et je commence à masser sa main machinalement pour les détendre suite à sa séance de frappe. Je passe mon pouce sur sa paume et appuie sur les points de tension pour relâcher ses nerfs en douceur. Je ne fais pas trop attention à ce que je fais, tout ce que je sais, c'est que cela me détend aussi et que je me sens bien. Peut-être aussi grâce un peu à l'alcool que j'ai ingurgité. Je prends plaisir à exécuter ces gestes que j'ai appris pour détendre Chloé lorsqu'elle a mal à ses jambes parce qu'elle grandit trop vite. Ils viennent instinctivement comme si je savais où appuyer pour faire passer la douleur.

Je relève la tête en entendant un gémissement. John a l'air de me dévorer du regard, ses lèvres sont humides et tentatrices. Je mords ma lèvre inférieure, des fourmillements se font dans mon bas ventre lorsque je fixe sa bouche.

Il lève sa main qu'il vient poser derrière ma nuque pour m'approcher de lui. Son autre main qui était toujours entre les miennes attrape mon poignet et tire doucement dessus. Je me retrouve sans que je comprenne comment à califourchon sur ses jambes. Le regard que l'on se jette fait grimper la température de mon corps, mon cœur bat plus vite. Il rompt le peu de distance qu'il y avait entre nous et écrase sa bouche contre la mienne. Il m'attire contre lui, ma queue venant frotter contre la sienne. Le soupir de plaisir que je pousse sous cet assaut me fait entrouvrir les lèvres et il en profite pour insérer sa langue. *Mon dieu cela fait si longtemps.* Je me laisse envahir, sa langue enveloppant la mienne, la caressant. J'enlace mes bras autour de son cou et commence un va et vient langoureux de mon bassin contre le sien. Il me serre plus contre lui.

— Oh oui, vas-y, continue… fais-nous du bien.

Je continue mon mouvement plus fort, accentuant le frottement de nos queues bandées. Mon jeans me gêne, je me sens à l'étroit à l'intérieur, j'ai besoin de plus et vite. John a l'air de le comprendre et retire d'un geste mon tee-shirt qu'il jette dans un coin. Il pose ses mains sur mes hanches et me rapproche plus de lui. Sa bouche se pose sur mon cou et descend lentement, laissant derrière elle une trainée brûlante sur ma peau. Il m'embrasse, me lèche, me suçote, ses dents me mordillent marquant l'endroit voulu d'une trace rouge. Le frottement du chaume de son menton me fait frissonner et me fait rêver sur les endroits où elle pourrait me faire plus d'effet, me procurer plus de plaisir. Ma tête part en arrière lorsque qu'il attrape entre ses dents mon téton, tirant dessus pour le faire pointer plus. Dès qu'il a obtenu le résultat désiré, il se met à le lécher et le téter, tandis que ses mains survolent chaque parcelle de peau se trouvant à leur portée, me procurant des fourmillements de plaisir sur leur passage. J'ai l'impression d'être une bombe prête à exploser dès qu'il me le permettra. Les sensations procurées me rendent encore plus dur. Je ne me souviens pas d'avoir déjà ressenti ça, ni d'avoir déjà été dans cet état-là. John relève la tête et reprend ma bouche.

— Qu'est-ce que tu me fais Em ? J'adore le goût de ta peau, ton odeur. J'ai envie de plus.

Il m'attrape les fesses et se soulève. Instinctivement, j'enroule mes jambes autour de sa taille.

— Qu'est-ce que tu fais ?

— Chut… laisse-toi faire. Je n'en ai pas fini avec toi.

Il m'embrasse de nouveau tout en se dirigeant vers un box vide. Un baiser lent et étonnamment doux. Il n'approfondit pas, mais le désir est bien là.

Le cheval dans le box d'à côté hennit et s'agite en nous sentant bouger. Il me dépose lentement sur la paille fraîche. Je ne pense plus aux conséquences que peuvent engendrer nos actes, au fait que John n'est pas pour moi mais pour Sophie, je ne pense plus qu'au plaisir que je vais ressentir, que je veux retrouver après tout ce temps passé dans le déni que je me suis infligé après Nathalie. Je ne regrette rien, ma fille est la plus belle chose qui me soit arrivée, mais j'ai abandonné une partie de moi-même pour pouvoir l'élever convenablement.

Je suis allongé sur la paille, John est penché au-dessus de moi, son regard est chargé de désir et de luxure, ce regard me promet un épanouissement total. Je lève ma main et caresse sa joue, laissant traîner mon pouce sur ses lèvres. Il l'attrape, le suce me procurant de nouvelles sensations.

Je ne sais pas si c'est le brouillard de l'alcool, si c'est l'aura du désir, mais à cet instant, je me sens bien, bien d'être entre ses bras, bien d'être l'objet de son plaisir. John pose délicatement ses lèvres sur les miennes et les butine. Cette douce sensation a raison de mes sens. Je descends mes mains le long de son dos et les pose sur ses fesses. Je les presse plus fort sur mon bassin et entame un léger mouvement des hanches. Il se met également à onduler et nous entamons ensemble une danse qui devient de plus en plus torride. Sa bouche dévore maintenant littéralement la mienne et sa langue m'offre monts et merveilles.

Ses lèvres descendent le long de mon cou, léchant et mordillant la moindre partie disponible de ma peau. Je gémis sous cette nouvelle perception et halète un peu plus fort lorsque je comprends la direction qu'il prend et que ses mains déboutonnent mon jeans. Ses dents attaquent en douceur ma hanche. Un sursaut me prend sous cette sensation.

— Hum… chatouilleux, je sens que je vais m'amuser, s'extasie-t-il.

— Ne… N'en profite pas trop non plus…

— T'inquiète et laisse-moi te découvrir encore un peu plus.

Ses mains descendent mon jeans et je l'entends rire. Je relève la tête et découvre l'objet de son hilarité. Pourquoi j'ai mis ce sous-vêtement ce matin ? Je suis un adepte des boxers humoristiques, mais celui-ci est plutôt tendancieux. « *Alors surpris ! … mais derrière c'est encore mieux* ☐ » avec une flèche en forme de pénis se dirigeant vers l'entrejambe.

— Oh… désolé… je ne pensais pas que quelqu'un le verrait ce matin !

— J'adore, j'ai hâte de suivre cette flèche, me dit John en relevant la tête et en plongeant ses yeux dans les miens. Tu en as d'autres dans le même style ?

— Ou… oui …

— Génial… je vais de découverte en découverte avec toi. J'aime être surpris par la personne avec qui je suis et avec toi… c'est… la surprise totale.

Sa main remonte lentement sur ma longueur comme si elle souhaitait deviner à travers le tissu ce qui était caché. Cette lente caresse me laisse pantelant, me faisant attendre plus. John accroche ses doigts sur l'élastique et tire lentement dessus. Ma queue se dresse fièrement maintenant qu'elle est à l'air libre.

— Bonjour toi, l'entends-je dire en soufflant sur le gland.

— Non, ce n'est pas vrai, tu n'as pas dit ça à ma … queue, fais-je en pouffant.

Il ne me répond pas, mais sa langue lape la goutte de mon foutre qui est apparu. Je l'entends déglutir et un «j'adore» se fait entendre avant que sa bouche engloutisse ma verge qui n'attendait que ça. Sa langue fait le tour de mon gland et lèche la partie sensible juste en dessous. Il l'avale encore plus profondément, remonte lentement créant un bruit de succion appréciateur.

— Oh… oui… merde… c'est trop bon… John, je …

Ses doigts jouent avec mes testicules, les roulent entre eux, je suis à sa merci ne sachant plus où donner de la tête. Ils entament une descente vers mon orifice et le titille de son majeur. Je me retrouve en apnée, je n'ai plus d'air qui rentre dans mes poumons, la vague qui arrive est sur le point de me submerger.

Sa bouche, toujours active, entame de lents va-et-vient permettant à sa langue de goûter ce monceau de chair tendu par le désir. Mes doigts s'entremêlent à ses cheveux, tirant dessus. Je me perds en propos incohérents. Comment avais-je pu oublier toutes ces sensations ? Comment j'ai fait pour vivre ces huit dernières années sans me laisser tenter par qui que ce soit et redécouvrir ce plaisir si grisant ?

JOHN

Je le sens se tendre sous mes caresses. Je le déguste, le goûte. Sa saveur sous ma langue réveille en moi un instinct primal, un instinct de possession. *Mien*. À cet instant, il m'appartient. Oui, c'est ça, il est mien. Je n'ai jamais ressenti ce besoin avant ce moment. Merde, en deux jours seulement, je me suis retrouvé subjugué par

Émile. Je ne pensais pas qu'il pouvait aimer être avec un homme. Putain, il a une fille et… il va falloir que l'on parle tous les deux. Je veux le découvrir, le connaitre plus. Cet homme me surprend et j'aime ça.

Je lève la tête pour le regarder, ses yeux fixés sur moi n'expriment que du désir, me réclament de lui en donner plus. Oh oui mon chéri, je ne vais pas m'arrêter là.

Je remonte vers ses lèvres et glisse ma langue contre la sienne. Nos bouches se dévorent avec avidité. Mes doigts entourent sa queue et j'entame une lente caresse sur cette longueur, souhaitant le rendre fou. Le grognement qu'il émet me confirme que ce que je lui fais a le résultat escompté et me fait en demander plus. Je me délecte des sons qu'il émet, j'accélère le mouvement et pose mes lèvres dans le creux de son cou, juste en dessous de son oreille, j'embrasse cet endroit, tant pis si je luis laisse ma marque, on trouvera une excuse… J'ai de plus en plus de mal à me retenir.

— Merde Émile, je n'ai pas de préservatif ni de lubrifiant, tu me mets à l'agonie, j'ai…

Je ne termine pas ma phrase, car sa main est descendue vers mon jeans. Je me retrouve la queue à l'air en un rien de temps.

— Laisse-moi faire et embrasse-moi.

Je comprends ce qu'il veut dire quand il encercle de ses doigts nos deux verges et commence à bouger du bassin créant une friction qui me fait haleter, sa main trouvant la pression nécessaire pour savourer ce moment ensemble. Il utilise nos fluides pour lubrifier nos queues rendant son geste plus facile.

— Oh putain oui! J'adore cette solution! Lui dis-je en me jetant sur sa bouche.

Notre baiser s'intensifie au fur et à mesure que nos désirs augmentent. Je caresse son corps de mes mains, lui pince ses mamelons, je veux que chaque parcelle de sa peau ait un passage de moi. Je le sens se cambrer sous moi, je suis dans le même état que lui, ses à-coups deviennent plus saccadés. J'aimerais me retenir, mais je ne peux plus. Je sens à sa respiration que lui n'est pas loin non plus. Je relève la tête, j'ai besoin de voir ses yeux lorsqu'il va jouir. Je pose mes deux mains de chaque côté de sa tête et me place au-dessus de lui. Je prends de la hauteur de façon qu'il puisse nous emmener avec sa main et ses va-et-vient vers notre plaisir. Nos yeux s'accrochent.

— Ensemble, me dit-il.

Nous explosons tous les deux dans un cri de plaisir. Nos semences se répandent sur ses doigts et son ventre, le marquant de notre jouissance. Le spectacle qu'il m'offre m'enchante au plus haut point. Je retombe sur lui et l'entraine dans le creux de mes bras, le temps que nos souffles reprennent un rythme régulier. Sa tête se pose sur mon épaule et nous échangeons un tendre baiser.

— Em, je passe les doigts le long de joue et lui remonte le menton, dis-moi, je….

— John ? John tu es là ? La porte de la grange s'ouvre en grand. John ?

Merde Sophie !

Je me mets à genoux et me rhabille rapidement en intimant à Émile de se taire. Je reste baissé dans le box pour que Sophie ne puisse rien voir. J'essaie de reprendre contenance tout en regardant Émile. J'espère qu'il comprend que je ne peux pas faire autrement. Pour l'instant, tout ce que je lis dans ses yeux, c'est de l'incompréhension. Je me lève et m'éloigne de lui. Cela me fait mal au cœur, mais je n'ai pas le choix. Je me retourne et me dirige vers la porte du box, l'ouvre et la referme rapidement derrière moi. Je ne préfère pas le regarder une dernière fois, j'ai peur de lire dans ses yeux des choses que je ne souhaite pas y voir.

— Sophie ?

— Ah John, je te cherchais. J'ai eu l'impression que tu te cachais de moi. Qu'est-ce que tu fais tout seul ici ?

Ça tu ne le sauras pas ! Pensé-je fortement.

— J'avais besoin de pratiquer un peu de sport, je suis venu ici pour taper un peu dans le sac, lui fais-je en lui montrant l'endroit où je me suis défoulé quelques temps auparavant. Je vois la bouteille de whisky et je grimace face aux souvenirs qu'elle me procure. Et puis, je me suis allongé un peu sur la paille et j'ai dû m'endormir quelques instants.

— De la paille, hum intéressant, dit-elle en se dirigeant vers le box. Et c'est confortable ?

Je la rattrape avant qu'elle ne fasse un geste de plus. Émile est encore à l'intérieur et je n'ai pas envie qu'elle l'aperçoive. Je la colle contre moi et commence un jeu qui ne me plait pas.

— Eh ma belle, où vas-tu comme ça ? Tu me cherchais pour une raison particulière ?

Elle se blottit contre moi, ravie de se retrouver entre mes bras. Ses mains passent sur mon torse me procurant un frisson de dégoût. Je veux encore garder des traces d'Émile sur moi et elle est en train de les effacer par ses gestes qui me répugnent. Mais pour mon avenir, je n'ai pas le choix.

Elle se met sur la pointe des pieds et pose ses lèvres sur les miennes. Par la surprise, je rejette ma tête en arrière. Je ne m'attendais pas à ce qu'elle m'embrasse.

— Excuse-moi Sophie, mais je viens de me rendre compte que je suis encore dégoulinant de transpiration, je colle et je te tiens serrée dans mes bras. Je vais te salir et…

— Humm, cela ne me gêne pas, au contraire en se trémoussant contre moi. Tu sens l'homme et cela me plait…

S'il elle savait pourquoi j'ai cette odeur sur moi… je pense qu'elle ne réagirait pas de la même façon. Mais je dois l'éloigner d'ici, cela devient trop dangereux pour Émile.

— Écoute ma jolie, lui fais-je en remontant d'un doigt son visage vers moi. Voilà ce que je te propose. On rentre à la maison, je prends une douche et ensuite, on se retrouve au jacuzzi. On pourra y faire un peu plus connaissance. Qu'en penses-tu ?

— Voilà un programme qui me plaît ! Termine-t-elle, un grand sourire sur son visage.

Je l'entraîne vers la sortie et la fais passer devant moi afin de fermer la porte de la grange.

Je me retourne et je vois la tête de John dépasser au-dessus du box. Son regard m'exprime que déception et incompréhension. Une pointe de colère aussi transparait dans son maelstrom de sentiments.

Je n'ai pas le choix, mon avenir est en jeu, mon domaine est en jeu. Malgré ce que je ressens pour lui, je referme la porte et m'éloigne avec Sophie, tout heureuse de se retrouver entre mes bras.

Chapitre 7

JOHN

Nous rentrons du champ, Em est devant moi, torse nu et luisant de transpiration. Il a voulu participer au défrichage de la parcelle que je souhaite cultiver et je pense que ses muscles vont en souffrir demain. Je ricane bêtement en pensant que je me ferais un plaisir de le masser comme il a fait avec moi sur mes mains, mais c'est de son corps endolori que je m'occuperais et je n'en oublierais aucune parcelle de peau. Cela fait une semaine que nous avons dérapé, que j'ai découvert qu'il aimait les hommes, mais je n'ai pas eu le temps de connaître son histoire à cause de Sophie qui est venue me chercher. Je suis sûr que j'ai dû le blesser en me dirigeant vers elle et en lui demandant de rester caché. Le fait qu'elle me fasse des avances et que je rentre dans son jeu n'a pas dû aider. Mais le jacuzzi, nous n'y sommes jamais parvenus. Heureusement pour moi, ma mère m'a interpellé et je me suis empressé d'accéder à sa demande et m'excusant auprès d'une Sophie pas très contente.

Cette semaine, je ne l'ai croisé qu'au moment des repas ou au bureau, mais il n'était jamais seul. Je n'ai pas pu lui parler et j'ai eu l'impression qu'il faisait tout pour m'éviter. Les seuls moments où nous nous sommes adressé la parole, c'est quand il nous a présenté le travail qu'il a fait, mais ma mère et Charles étaient présents.

Plus d'une fois, j'ai été tenté de frapper à sa porte le soir, juste pour parler avec lui, mais Chloé était présente et je me suis abstenu.

Je me rappelle un soir où je me suis approché, près à toquer quand je l'ai entendu avec sa fille rigoler tous les deux. J'ai posé ma tête sur la porte et je les ai écoutés parler d'un dessin animé à la télévision. J'ai posé mon front contre la porte, la main posée sur le bois à m'imaginer être à leur côté.

— Mais Papa, comment veux-tu que Pumbaa il trouve une amoureuse ? Regarde il pète tout le temps et il pue…

— C'est un animal ma puce et son amoureuse sera comme lui et ils seront heureux comme ça…

Chloé éclata de rire.

— Je les imagine se faire des bisous et péter en même temps…

— Tu as une imagination débordante ma fille, lui répond Émile en rigolant.

— Et toi Papa, quand est-ce que tu vas avoir une amoureuse ?

— Pourquoi ma puce ?

— Ben toi aussi tu as le droit d'être heureux et tu n'as jamais eu d'amoureuse…

— J'ai eu ta maman et … une maman te manque ma puce ? C'est pour ça que tu me poses la question ?

— Non, je veux juste que tu sois heureux Papa… et puis… et puis…

— Et puis ?

— Ben si tu as un amoureux, c'est bien aussi…

J'ai été surpris derrière la porte par la question de Chloé et j'ai écouté plus attentivement la réponse d'Émile.

— Un amoureux ? Cela ne te dérangerait pas d'avoir un deuxième papa au lieu d'une maman ?

— Ben non! Regarde Marie, ma copine à côté de chez mamie, elle avait deux papas et elle était contente parce qu'elle faisait plein d'activités qu'elle ne faisait pas avec sa maman. Et puis toi, si tu es heureux, je serais heureuse aussi… tu as besoin de bisous et de câlins!

— Mais je suis heureux avec toi ma puce, tu me fais pleins de bisous et de câlins et je n'ai pas besoin…

— Menteur! Je te vois souvent en train de rêvasser depuis une semaine, tu as besoin d'une personne qui s'occupe de toi!

— Mais dis-moi, depuis quand ma petite fille est devenue une jeune fille? À avoir de telles conversations?

— Depuis que je te vois triste de temps en temps. Alors tu vas rechercher une amoureuse ou un amoureux?

— On verra ma puce, pour le moment, c'est l'heure d'aller au lit! Allez zou, mauvaise graine… va te laver les dents!

Je les avais entendus s'éloigner et je suis parti dans ma chambre. Cette gamine m'étonne de jour en jour, elle peut être d'une telle maturité par moment.

La pensée de Chloé me fait sourire, c'est une gamine fantastique, un pur bonheur. Elle me suit souvent partout quand Émile est au bureau et que moi je travaille à l'extérieur, entrainant Anaïs à sa suite. Elle me pose plein de questions sur la culture de la lavande, ce que je peux faire avec. J'apprécie de plus en plus de l'avoir à mes côtés. Elle me donne l'impression de transmettre mon savoir à mon enfant. Par certains côtés, elle me fait penser à son père qui a eu le même questionnement pour essayer de comprendre comment fonctionne le domaine. Mais également à moi qui, au même âge, suivait mon père partout.

C'est impressionnant le travail qu'Émile a fait en une semaine. Il a acheté le nouveau matériel informatique et les logiciels nécessaires pour l'entreprise, fait installer internet. Notre comptabilité est pratiquement mise à jour, mais elle est surtout informatisée et nous pouvons commencer à chiffrer la rentabilité de l'entreprise. Il se donne vraiment dans son travail et prend en compte toutes les informations qui me semblent nécessaires pour l'évolution de cette société. Il prend à cœur de la faire évoluer et j'apprécie grandement son implication. Nous allons pouvoir faire un excellent travail en collaboration tous les deux. Il cherche tellement à m'aider qu'il va même sur le terrain pour travailler avec moi.

Travailler avec lui va être une véritable torture si je ne peux pas le toucher, mais je sais, vu le travail qu'il a déjà fourni, qu'il va être un excellent collaborateur, mais également le fantasme de mes nuits.

Il cherche à comprendre comment tout fonctionne pour essayer de créer le site internet que je souhaitais mettre en place. Pour l'instant, ce n'est qu'à l'étape de projet, mais son dossier se remplit. Même ma mère et Charles ont l'air ravis de cette évolution.

Tout l'inverse de Sophie qui fait semblant d'être intéressée et dès qu'il faut mettre la main à la pâte, trouve une excuse bidon pour éviter d'aider. J'ai beaucoup de mal avec elle, mais je laisse passer, car je dois récupérer cette entreprise coûte que coûte. Elle ne veut s'impliquer que dans la comptabilité de l'entreprise et ma mère n'en veut aucunement dans le bureau. Elle ne la supporte pas et les accrochages sont de plus en plus piquants.

Je me force à m'intéresser à elle et de rentrer dans la peau du prétendant qui tombe amoureux. Cette fille est tellement insipide qu'elle prend tout à cœur. Je lui accorde du temps les après-midis pour que nous fassions plus connaissance. J'ai beau l'emmener avec moi sur le domaine, lui présenter tout ce que l'on fait, mais je n'arrive pas à savoir ce qu'elle en pense. Et cela m'agace, car je ne sais pas comment me comporter avec elle.

Pas comme avec la personne qui est juste devant moi. Je sais très bien le comportement que j'aimerais avoir avec lui.

Je le regarde avancer devant moi. Son cul moulé dans son pantalon est comme un appel à la débauche. Je me lance, il faut que je sache.

— Em ?

— Oui ?

— Tu m'en veux ?

— De quoi ?

— De ce qui s'est passé à la grange.

— On avait trop bu John, c'était un moment d'égarement. Je ne t'en veux en rien…

— Em, je …

— Non, John ne te reproche rien. Tu as Sophie et je le comprends. N'y pensons plus.

Quoi ? Ne plus y penser ? Dans tes rêves mon pote ! Toutes mes nuits sont peuplées de lui et il me demande de ne plus y penser. À moins que… Je réalise soudain que dans tout cela, il n'y a peut-être que moi qui ai ressenti quelque chose et que lui était bien sous l'emprise de l'alcool. Que pour lui, ce n'était peut-être qu'un dérapage. Bordel de merde, il faut que j'en aie le cœur net.

Nous passons derrière la grange et nous ne sommes plus que tous les deux. Je l'attrape et le colle sur le mur. Je me plaque sur son dos et pose mes deux mains autour de sa tête. Il essaie de me repousser, mais ce qu'il arrive à faire est de coller son cul sur ma queue qui commence à durcir.

— Merde John, tu joues à quoi là ?

— Dis-moi que tu n'as rien ressenti Em ! Lui dis-je en frottant mon sexe contre son derrière sexy. Je l'entends gémir sous mon geste et il penche la tête en avant de façon à que je ne puisse pas voir son visage.

— Arrête John !

— Dis-le-moi Em, lui murmuré-je à l'oreille, et j'arrêterai, bien que je n'en aie pas envie là, maintenant. Je dépose mes lèvres dans son cou l'embrassant, le mordillant et aspirant sa peau au goût si unique et en continuant à me frotter contre lui de plus en plus fort.

Il rejette sa tête en arrière, m'offrant plus son cou et le faisant se cambrer un peu plus. J'en profite pour descendre ma main et viens lui pincer un téton tandis que ma bouche continue à le goûter, je veux le marquer, lui faire comprendre que ce qu'il s'est passé à la grange est plus qu'il ne le laisse entendre. Je veux qu'il ait une trace de moi sur lui.

— Et là maintenant Em ? Ne me dis pas que tu ne ressens rien.

— Pourquoi me fais-tu ça ? Je… John, tu as Sophie, qu'est-ce que tu attends de moi ?

Un râle sort de sa gorge lorsque j'attrape sa queue que je sens dure à travers son jeans.

— J'ai envie de toi Em, aussi simple que ça. J'en veux plus que la dernière fois. Je peux t'assurer que pour ma part, ce n'était pas un moment d'égarement.

— Mais Sophie ? Arrête John, explique-moi !

— Papa, papa, Monsieur John, Monsieur John….

Je recule rapidement et à temps avant de voir débouler Chloé et Anaïs qui ont l'air dans tout leurs états. Émile se reprend en me repoussant et se précipite vers sa fille et moi à sa suite. Il était moins une ! Il se penche vers elle et la prend dans ses bras. Anaïs arrive vers moi et j'en fais autant avec elle.

— Que se passe-t-il ma puce ? Pourquoi courez-vous comme ça ?

— Il y a un méchant Monsieur qui est arrivé !

Anaïs pose ses deux mains sur mon visage pour que je la regarde.

— C'est le monsieur qui est venu la dernière fois après la mort de ton papa, Monsieur John. Il se dispute avec Madame Anna à l'entrée de la maison.

— Lacausse ? Mais qu'est-ce qu'il vient foutre là ?

Je repose Anaïs et me précipite vers la maison.

J'arrive devant la maison, ma mère est devant la porte, Charles à ses côtés. Éric et Caroline sont juste derrière, prêts à intervenir si besoin. Une certaine tension se fait sentir.

— Lacausse ! Que nous vaut l'honneur de votre visite ? Lui dis-je d'un ton sarcastique.

— Tiens tiens ! Voici le jeune prodige qui va bientôt me transmettre les clés du domaine.

Je sens que la colère n'est pas loin, ses propos me font bouillir. Mais pour qui se prend-il ?

Émile arrive tout juste avec les deux filles. Celles-ci vont vers Caroline qui les emmène à l'intérieur de la maison. Cela est préférable, je n'ai pas envie qu'elles assistent à ça. Émile vient se placer à mes côtés comme pour m'apporter son soutien. Sa présence me calme et je me reprends sans avoir la rage devant les yeux.

— Dans vos rêves, Lacausse. Ce domaine ne portera jamais votre nom.

Un sourire arrogant apparait sur ses lèvres.

— Il me semble jeune homme que pour garder celui-ci, vous devez vous marier non ? Et à part cet homme à vos côtés, je ne vois pas de charmante jeune femme ici, me rétorque-t-il en écartant les bras pour appuyer ses dires.

— Ceci ne vous regarde pas Lacausse. Le temps imparti n'est pas encore terminé, ma mère est toujours vivante à ce que je sache et vous n'avez rien à faire ici.

— Je viens juste aux renseignements, John. Après tout, il faut que je remanie toute l'organisation de ma société quand je récupérerai la vôtre et je ne souhaite pas être pris au dépourvu en m'y prenant à la dernière minute.

— Salaud ! lui dis-je en me précipitant vers lui.

Je suis retenu par Émile avant que je ne lui mette mon poing dans sa sale gueule.

— Non John ! Ce n'est pas la solution. Éric, pouvez-vous aller chercher Sophie s'il vous plait en lui disant que nous avons expressément besoin d'elle ici.

— Oui j'y vais, lui répond-il.

— Sophie ? Donc vous avez rencontré quelqu'un ? J'ai hâte de voir à quoi ressemble cette jeune personne.

Je me débats dans les bras d'Émile.

— Ma vie privée ne vous regarde pas ! Émile lâche moi !

— Non John, cela ne sert à rien d'envenimer les choses. Tu vas lui présenter Sophie et Monsieur Lacausse partira ensuite. N'est-ce pas Monsieur Lacausse ?

— Voilà quelqu'un qui sait réfléchir. Et vous êtes ?

— Émile Duval. Le nouveau comptable.

Il se tourne vers Charles.

— Nouveau comptable ? Donc mon cher Charles, vous avez enfin passé le flambeau, mais vous êtes toujours présent. Plus pour longtemps…

— Charles restera aussi longtemps qu'il lui plaira ! Lui répond ma mère. Il est ici chez lui.

— Pfff… que de bouches inutiles à nourrir.

La porte d'entrée s'ouvre sur Éric entrainant Sophie derrière lui en haut de maillot de bain et paréo, son portable à la main.

— Mais lâchez-moi voyons !

Je me dégage des bras d'Émile, me dirige vers elle et lui prends la main.

— Sophie, c'est moi qui ai demandé à Éric de venir te chercher. Suis-moi, j'aimerais te présenter quelqu'un s'il te plaît.

— Oh oui ,mais bien sûr mais…

Je la fais avancer vers Lacausse et je la sens s'arrêter brusquement. Elle regarde l'homme d'un air effaré.

— Pa… Monsieur ?

Je me retourne vers Lacausse qui la regarde d'un air ébahi. Un sourire narquois apparait sur ses lèvres.

— Donc voici, cette fameuse Sophie…

Il éclate de rire et se dirige vers son véhicule. Avant de monter, il se tourne vers nous.

— Je suis maintenant certain que ce domaine va m'appartenir ! Messieurs Dame, Sophie, je vous dis à bientôt.

Il fait démarrer sa voiture et part dans un nuage de poussière. Je ne comprends rien à ce qu'il vient de se passer et quand je vois le visage des personnes qui m'entourent, c'est pareil pour eux. Je me tourne vers Sophie qui est restée plantée là, fixant toujours l'endroit où se tenait Lacausse.

— Sophie ? Tu le connais ?

— Je… euh non… non, je ne le connais pas !

— Je ne comprends pas… pourquoi n'as-tu rien dit ? Tu es restée figée comme si tu voyais le diable en personne.

C'est sûrement le cas d'ailleurs, car c'est homme est le diable personnifié.

— Je… mais… mais tu es incroyable ! Comment veux-tu que je me comporte lorsque tu viens me faire chercher par ton homme de main alors que je suis en maillot de bain au bord de la piscine et que je n'ai juste le temps de prendre un paréo pour me couvrir. Et quand j'arrive ici, tu veux que j'accueille les personnes que tu reçois en tant que ta petite amie alors que je ne suis pas habillée et donc pas présentable.

Sophie a l'air remontée contre moi. Mais je suis dans un état d'énervement tel que je ne cherche pas à comprendre.

— Putain Sophie, tu passes tes journées au bord de la piscine et pour une fois que j'ai besoin de toi, tu es incapable d'assurer ce rôle. Si j'ai fait appel à cette agence, c'est pour trouver une femme qui saura m'épauler et non une femme qui ne bouge pas son cul de la journée… Est-ce que tu l'as au moins compris !

— John… calme-toi, me suggère Émile.

— Pfff… qu'est-ce que j'avais dit ! Rétorque ma mère.

— Quoi… mais… mais… tu ne m'as vraiment rien demandé, à part me parler de ton domaine en long et en large, c'est tout ce que tu sais faire ! Ah oui, c'est vrai que tu m'accordes du temps pendant les après-midis, mais t'es-tu seulement une fois intéressé à ce que moi je pensais, ou comment j'aimerais que l'on fasse mieux connaissance ? Non… rien de tout ça ! Alors je m'occupe comme je peux ! Et désolée si je n'ai pas reçu convenablement ton invité !

Je ne reconnais pas Sophie. Elle se laisse emporter dans sa colère faisant augmenter la mienne. Son téléphone se met à sonner au moment où je vais lui répondre. Je la vois blanchir quand elle voit qui l'appelle.

— Excuse-moi, je… je dois répondre à l'appel…

Elle se détourne et rentre à l'intérieur de la maison. Je l'entends juste dire « Papa ? » avant qu'elle ne referme la porte derrière elle.

Je me tiens au même endroit regardant la porte que Sophie vient de refermer. Je fulmine, j'ai besoin de me dépenser, de taper dans quelque chose. De quel droit peut-elle me dire que je ne passe du temps avec elle, je lui consacre pratiquement tous mes après-midis. Me serais-je planté quelque part ?

Ma mère et Éric rentrent dans la maison, ils ne veulent sûrement pas affronter ma colère et préfèrent s'échapper.

Émile se place en face de moi et pose ses mains sur mes épaules. Nous nous fixons tous les deux, il me calme par sa présence. J'ose lui formuler la question qui me pose un problème.

— Franchement, je lui accorde tous mes après-midis et elle me dit que je ne nous laisse pas le temps de faire connaissance.

— Tu sais, je pense qu'elle n'a pas totalement tort.

— Quoi ?

— Écoute-moi John ! Tu es censé te marier avec elle, me dit-il avec une grimace. Mais as-tu pris le temps de sortir avec elle ? D'aller au restaurant ? Te balader sans lui parler du domaine ? Toutes ces petites choses qui permettent de faire connaissance ?

Je le regarde, tout cela, j'aurais préféré le faire avec lui, le découvrir avec toutes ces attentions. Mais, il n'est pas une option, je dois me concentrer sur Sophie et comprends qu'il cherche à m'aider. Et vu la tête qu'il fait, je ne suis pas sûr que cela lui fasse réellement plaisir. Ce qui d'un côté me met un peu de baume au cœur.

— Non, tu as raison, cela ne m'est pas venu à l'esprit de faire ça avec elle. Mais d'un autre côté, elle…

Nous sommes de nouveau interrompus par Chloé qui arrive en courant et qui s'agrippe à la taille d'Émile.

— Papa, Papa… ça va ? Il m'a fait peur le Monsieur ! Il va revenir ?

Je me mets à sa hauteur et la prends contre moi pour la rassurer.

— N'aie pas peur ma puce. Le méchant Monsieur est parti et il ne t'arrivera rien d'accord.

Elle me serre dans ses petits bras et se retourne vers son papa.

— Dis Papa, je peux dormir chez Anaïs ce soir ? Madame Caroline est d'accord.

Je souris, à cet âge-là, elle sait passer du coq à l'âne sans problème. Émile a l'air d'avoir la même réflexion car son visage reflète du soulagement de la voir changer de sujet.

— D'accord ma puce, mais pas de bêtise compris ?

Sa phrase est à peine terminée que Chloé est déjà partie en criant à Anaïs que c'était OK.

La pensée subite qu'il sera seul ce soir me rend d'un seul coup tout heureux. Je ne vais pas le laisser s'échapper. Non, pas cette fois.

— Alors, vu que ta fille n'est pas là ce soir et que tu n'as aucune excuse pour m'éviter, cela te dit de boire un verre avec moi et discuter ?

Je vois bien à sa tête qu'il se retrouve coincé. J'ai bien l'intention de terminer ce que l'on a commencé tout à l'heure et de surtout de connaître son histoire. Je me rends compte que ce qu'il m'a dit de faire avec Sophie, je suis en train de le réaliser avec lui. Eh oui bébé, tu m'as donné les bons moyens à mettre en application pour faire connaissance et je vais les appliquer à la lettre. Avec toi.

— Sophie n'est pas disponible ?

— Tu penses vraiment, avec ce qu'il vient de se passer, qu'elle va sortir de sa chambre ? Moi non, et je ne vais pas la supplier ce soir. Je suis encore trop énervé après elle.

— John, tu as des torts aussi. Ne lui mets pas tout sur le dos.

— Peut-être… mais… et merde, on ne parle plus de Sophie. Viens, l'heure du repas va arriver et ensuite on ira boire un verre. Ne dis pas non s'il te plaît, j'ai vraiment besoin de m'évader ce soir et toi, tu es seul aussi de ton côté. Passe cette soirée avec moi.

— OK John mais… pas de dérapage !

Je m'éloigne vers la maison le sourire aux lèvres. Je ne peux m'empêcher, en passant derrière lui, de lui frôler les fesses de la main.

— OK promis, lui fais-je avec un clin d'œil, une soirée entre potes, une bouteille et une bonne discussion. J'ai besoin de comprendre certaines choses et tu vas pouvoir m'y aider, je pense.

— Oui, moi aussi, j'ai besoin de comprendre ton jeu, l'entends-je marmonner derrière mon dos.

Fier de moi, je monte prendre une douche avant de dîner.

Chapitre 8

EMILE

John m'a entrainé dans un bar à la sortie du village. C'est un lieu plutôt sympa où la population locale a l'air d'aimer traîner, une musique sortie d'un vieux juke-box se fait entendre en bruit de fond. Nous nous sommes installés au comptoir. C'est de toute façon le seul endroit où nous avons pu avoir des places. Le barman arrive vers nous et engage la conversation.

— Eh John! Comment vas-tu mon pote, cela fait un bail que nous ne t'avions pas vu dans le coin.

Il fait le tour du bar et le serre dans ses bras.

— Salut Al, ouais cela fait un moment que je ne suis pas venu. Mais ce soir, j'ai envie de retrouver un peu mes racines, lui fait-il avec un clin d'œil et lui rendant son accolade.

— La guitare est toujours à sa place si tu veux nous montrer tout ton talent mec.

— Hmmm… peut-être pas ce soir. Je te présente Émile, mon nouveau comptable. Il vient d'arriver dans la région.

— Salut Émile, bienvenu «Chez Al». Heureux de te rencontrer et félicitations d'avoir pu faire sortir ce gars de sa tanière. D'ailleurs, j'ai appris pour ton père, condoléances John…

— Merci Al, mais je n'ai pas trop envie de parler de ça ce soir, je suis là pour me détendre, faire un peu plus connaissance avec Émile et peut-être écouter un peu de bonne musique.

— Oh je pense que certains ici vont monter sur scène pour jouer un peu et montrer ce qu'ils savent faire… ou pas, fait-il en rigolant. Bon, qu'est-ce que je vous sers, je vous offre votre premier verre.

— Merci vieux, un whisky pour moi, Émile ?

— Pareil, merci Al.

J'ai écouté leur conversation depuis le début et j'ai été surpris lorsque j'ai entendu Al lui proposer de prendre la guitare. John sait jouer d'un instrument… intéressant, je vais peut-être essayer de le pousser pour qu'il me fasse écouter l'étendue de son talent artistique. Cela serait sympa pour une bonne soirée et puis cela lui permettrait de se détendre en renouant avec d'anciennes activités qu'il avait l'air d'aimer.

— Alors comme ça, tu joues de la guitare ?

— Oui, il m'est arrivé de gratter un peu il fut un temps, mais cela fait un moment que je n'y ai plus touché.

— La musique, c'est comme le vélo, il suffit de remonter dessus pour savoir comment cela se passe, nous fait Al en nous déposant les verres sur le comptoir. Et puis, je ne pense pas que tu aies perdu quoi que ce soit en musique. Rappelle-toi comment les filles te regardaient quand tu montais sur scène et que tu commençais à émettre les premières notes… combien de gars te maudissaient quand ils voyaient leurs nanas te faire les yeux doux, lance-t-il en riant.

Une légère rougeur apparait sur les joues de John. Il prend son verre sans oser me regarder.

— C'est loin tout ça…

— Vous vous connaissez depuis longtemps ?

— Depuis les bancs de la maternelle, on a souvent trainé ensemble étant ados, fait pas mal de conneries aussi, les études nous ont éloigné. J'ai repris le bar de mon paternel et John a poursuivi l'école pour succéder à son père sur le domaine. On s'est revu un peu, John venait souvent ici pour se détendre et puis… cela fait combien de temps d'ailleurs que tu n'es pas revenu ? Facilement un an, qu'est-ce que tu as fait pendant tout ce temps qui t'a empêché de revenir ? Tu as trouvé une jolie gonzesse qui t'a tenu occupé ?

John devient de plus en plus gêné au fil de la conversation. Parler de filles n'a pas l'air de l'enchanter plus que ça. Je commence à comprendre que personne n'est au courant de sa… bisexualité. Enfin, je ne vois que ça, car étant jeune, il a apparemment approché pas mal de femmes et sa façon d'être avec moi, montre qu'il aime également les hommes.

— Al, on peut parler d'autre chose s'il te plaît, dit-il en me montrant de la tête. Je n'ai pas envie de parler de tout ça maintenant…

— Oh… OK, fait Al en me regardant, tu ne veux pas qu'Émile connaisse toutes tes péripéties de jeunesse… rapport patron employé… d'accord… Dommage Émile, j'aurais pu t'en raconter de belles, plus tard peut-être, me dit-il en se marrant, autour d'un verre, quand grincheux ne sera pas là.

— Avec plaisir, lui fais-je en levant mon verre pour le remercier.

— Al… pas de conneries…

— Arrête John, je resterai dans la limite du raisonnable… ou pas.

Et il disparait de nouveau pour rejoindre des clients qui attendaient leur consommation. John baisse la tête de dépit en marmonnant quelque chose comme *Putain, il ne changera jamais ce petit con.* Je rigole devant son air renfrogné et je cogne mon verre contre le sien, lui faisant relever la tête.

— Allez John, remets-toi… j'ai hâte de découvrir ce qu'il va me dire.

— Ben voyons, tu m'aurais étonné du contraire petit malin… Il ne faut pas croire tout ce qu'il dit. Bon à propos de connaître le passé de l'autre, je pense que tu as pas mal de chose à me dire non ?

— Que veux-tu savoir ? Lui dis-je sur la défensive, sachant très bien le genre de question qu'il va me poser.

Il porte le verre à sa bouche lentement, me permettant d'observer ses lèvres s'entrouvrir et caresser le bord du récipient rempli du liquide ambré. Un flash de notre soirée à la grange me revient à l'esprit, ces mêmes lèvres autour de ma queue faisant des va et vient. *Mon dieu.* Un coup de chaleur s'empare de moi et je vois John me détailler, il se lèche les lèvres avec une lueur de plaisir dans les yeux.

— Je sais que les hommes te font de l'effet… me fait-il en se montrant du doigt.

J'essaie de me reprendre pour rester dans le fil de la conversation, les images restent dans ma tête et j'ai du mal à revenir dans le moment présent. Je prends mon verre et tourne la tête vers la salle, essayant de me canaliser sur autre chose. Un homme est en train de monter sur scène et s'installe derrière le micro, une guitare à la main.

— Et j'aimerais savoir comment tu as pu avoir Chloé. Tu es bi ?

Sa question me fait sourire.

— Tu veux savoir comment on fait les bébés ? Lui réponds-je toujours en fixant la scène.

— Em… me fait-il en souriant, ne détourne pas la conversation, tu sais très bien de quoi je veux parler.

Le soi-disant chanteur en place est en train de faire un massacre de la chanson de *Jacques Brel «Ne me quitte pas»*. Une idée me vient en tête. Je me tourne vers lui.

— Tu veux connaitre mon histoire. OK, mais à une seule condition, tu montes sur scène et que tu me montres ce qu'Al disait tout à l'heure, ton talent de musicien.

John se fige et m'observe. Je vois que son cerveau réfléchit à ma proposition.

— Em… je ne crois pas que…

— Allez John, je te promets que tu auras tout ce que tu voudras…

— Tout ce que je voudrai ? me fait-il avec un grand sourire

Je réalise soudainement ce que je viens de lui dire.

— Euh… toutes les informations que tu me demanderas…

— Je reste sur ta première proposition. OK je relève le défi mais toi, tiens-toi prêt à satisfaire… mon insatiable curiosité.

Il se lève et s'en va vers la scène. Je prends une grande inspiration, dans quoi je viens de me lancer. John traverse les tables en saluant plusieurs personnes qui le reconnaissent et commencent à applaudir en scandant son nom. Apparemment, il est pas mal apprécié. J'attends patiemment qu'il s'installe.

— Eh bien, félicitations Émile, tu as réussi… comment tu as fait ? Dit Al en s'approchant de moi.

— Je crois que je viens de faire une connerie…

— Pourquoi ?

— Je ne préfère rien dire…

— OK… mais connaissant John, il n'a pas fait ça pour rien.

Il repart servir d'autres tables.

John s'installe, la guitare déjà dans les mains. Il commence à saluer la foule comme s'il ne l'avait pas quittée depuis un moment en faisant des courbettes.

— Salut tout le monde, vous allez bien ?

Le public lui répond dans un «Oui» retentissant.

— Ce soir, je vais vous interpréter une chanson pour une personne qui m'a lancé un pari. Celle-ci a intérêt de tenir parole.

Je souris à sa réplique. Je lève mon verre à son intention lui faisant comprendre que j'ai bien reçu le message.

Les premiers accords se font entendre et je reconnais «Longtemps» d'Amir.

J'veux des problèmes

J'veux qu'tes galères deviennent les miennes

J'veux qu'tu m'balances au visage tes orages, tes peines

Pour des nuits diluviennes

J'veux qu'on s'apprenne
J'veux partager tes joies, tes migraines
Ton corps me donne le vertige et tes mains me mènent
Où rien ne nous gêne

Le son de la voix de John me procure des frissons dans tout le corps, sa tonalité est superbe, profonde. Il sait utiliser le vibrato de sa voix, hypnotisant le public en face de lui. Et moi, je suis foutu. Je le fixe, bouche bée, complètement sous le charme, écoutant ses paroles qui pourraient ressembler étrangement à nos vies. L'impression qu'il me lance un message au travers de cette chanson est palpable. John a les yeux sur moi, cette impression étrange qu'il ne chante que pour moi. Je suis là, sur mon tabouret, complètement envoûté.

— J'ai l'impression que John t'apprécie plus que toutes ces femmes qui bavent devant lui, dit Al derrière moi.

— Pardon, fais-je en recrachant la gorgée que je venais de boire.

— Ne me prends pas pour un con s'il te plait. Je connais John depuis toujours. Malgré la conversation que j'ai eue tout à l'heure, je sais qu'il est plus attiré par les hommes que par les femmes. Je ne l'ai jamais vu avec l'une d'entre elles d'ailleurs. Il ne m'en a jamais rien dit, mais quand on traîne ensemble comme nous l'avons fait plus jeune, il y a certaines choses que l'on remarque.

— Mais il va se marier et je ne pense pas…

— Écoute, je ne connais pas toute l'histoire, mais le regard qu'il te lance depuis qu'il est monté sur scène, montre clairement qu'il joue pour toi. Et là, il me fusille du regard, car je te parle quand il n'est pas là, dit-il en le montrant du doigt.

Il lui fait un petit signe de la main en levant le pouce en l'air.

— Ce qu'il est ne me regarde pas, c'est mon pote et il le restera. Cet homme là-bas en pince pour toi et toi, tu as le regard d'un homme en admiration devant ce qu'il découvre. Il ne faut pas me prendre pour un lapin de six semaines, tu ne le vois peut-être pas encore, mais il y a quelque chose qui couve entre vous deux.

— Je ne sais pas… il est tellement bizarre en ce moment. Et puis, il y a Sophie…

— Sophie ? C'est qui Sophie ?

— La personne avec qui il va se marier apparemment !

Un tonnerre d'applaudissements se fait entendre, John salue son public et revient vers nous. Il passe son bras autour de mes épaules et me serre contre lui en lançant un regard d'avertissement à Al.

— Alors Em ? Qu'est-ce que tu en penses ? Enfin, si tu m'as écouté vu que tu discutais avec Al.

— Hé… sois pas jaloux mon pote, il me renseignait sur certaines petites choses dont je n'avais pas connaissance, lui dit-il avec un regard interrogatif.

— Détrompe-toi, tu joues magnifiquement bien, pourquoi tu ne joues plus ?

J'essaie de détourner rapidement la conversation, car je n'ai pas envie de partir dans cette direction. Al a l'air de le comprendre car il ne rajoute rien.

S'il savait ce que cela m'a fait de le voir jouer avec tellement de sensualité, de plaisir. Heureusement pour moi, ma chemise couvre le haut de mon pantalon, sinon il aurait très vite compris ce que cela m'avait fait.

— Plus vraiment le temps, dit-il en prenant une gorgée dans son verre et en interrogeant Al du regard.

— En tout cas, reviens quand tu veux mon pote, tu fais apparemment toujours autant d'effet sur la foule, l'informe Al.

— John, tu devrais jouer un morceau à Chloé, je suis sûre qu'elle serait contente.

— C'est qui Chloé ?

— Ma fille.

— Ta fille ? Oh là, il va falloir vraiment que l'on prenne un verre tous les trois un de ces quatre, car il y a beaucoup d'informations à assimiler. John mon pote, tu es parti depuis trop longtemps et il va falloir que l'on rattrape le temps perdu. Je passerai chez toi, cela sera aussi l'occasion de dire bonjour à ta mère, cela fait un petit moment que je ne l'ai pas vu. Bon je vous laisse, j'ai du monde à servir. À plus.

— Hé… qu'est-ce que tu…

Mais Al est déjà parti et John le regarde s'éloigner avec une tête d'incompréhension.

— Qu'est-ce qu'il a voulu dire là ?

Je hausse les épaules pour lui faire comprendre que je n'en sais rien. Enfin si, mais il n'a pas besoin de le savoir.

Je jette un coup d'œil autour de moi et je m'amuse de voir ce qu'il s'y passe. Plusieurs personnes de la gente féminine sont tournées vers nous, ou plutôt vers John et le regardent avec gourmandise. Quand je disais que sa voix faisait de l'effet, je ne m'étais pas trompé de beaucoup.

— Tes groupies t'attendent beau gosse.

Il regarde vite fait l'endroit que je lui indique et des femmes lui font rapidement des signes pour qu'il vienne les rejoindre. Il se retourne et se penche sur moi pour récupérer son verre sur le comptoir.

— Moi, tout ce que j'ai retenu, c'est que tu viens de m'appeler beau gosse, me susurre-t-il à l'oreille d'une voix rauque. Je devrais peut-être te chanter plus souvent la sérénade.

Un petit courant électrique remonte le long de ma colonne vertébrale, sa petite odeur de lavande et d'homme vient me titiller les narines sans compter mon érection qui n'avait pas baisser prend plus de vigueur. Je me repositionne sur mon tabouret pour me mettre plus à l'aise. Geste qui n'est pas resté inaperçu de John et un sourire goguenard apparait sur son visage.

— John… arrête, on avait dit pas de dérapage…

— Quel dérapage ? Me dit-il d'un air malicieux, il n'y a pas de dérapage, mais en revanche toi, tu me dois une histoire.

Une femme plantureuse arrive et s'agrippe à son bras. Elle passe le long du torse de John un doigt parfaitement manucuré et descend lentement. Je le vois se figer et repousser la main de la nana. Il me regarde d'un air de dire « Aide-moi ».

— Bonsoir toi, moi c'est Elsa. Mes copines et moi, là-bas, on aimerait t'inviter à boire un verre. Tu nous as totalement conquises avec ta belle voix, bel apollon. Tu viens nous rejoindre ?

— Euh… non, désolé. Mais mon ami et moi avions prévu de partir.

Elle se glisse sous son bras et passe le sien autour de sa taille. Il lève les deux bras en l'air en se demandant ce qu'elle est en train de faire et surtout pour éviter de la toucher.

— Allez, ne sois pas timide, ton copain est le bienvenu aussi. D'ailleurs, il est pas mal non plus, me dit-elle avec un clin d'œil et en m'examinant de la tête au pied.

John ne sait plus quoi faire, il essaie de se dégager, mais elle a l'air de ne rien vouloir comprendre et se colle un peu plus à lui.

OK, bon là, je crois que nous sommes dans la merde. Les sangsues sont dans la place et je ne tiens aucunement à être sucé par elles. Je pose mon verre et je me lève. Je regarde John dans les yeux et lui fais comprendre de rentrer dans mon jeu.

— Désolée jolie demoiselle, mais cet homme que vous tenez dans vos bras va bientôt se marier et je dois le ramener auprès de sa chère et tendre d'ici trente minutes.

— Oh, mais ce n'est pas grave, elle n'est pas là, elle n'a pas besoin de savoir ce qu'elle ne voit pas…

— Je… mais moi si… ma femme ne va être très heureuse de sentir votre parfum bon marché sur ma chemise, lance-t-il en la repoussant brusquement

— Humm… très délicat John, dis-je en riant

— Mon parfum bon marché??? Mais quel mufle… tu ne sais pas ce que tu perds espèce de connard !

Elle se retourne et repart vers ses amies. Deux minutes plus tard, des regards de méchanceté se tournent vers nous.

— Bon, je crois qu'il est temps de partir, tu as fait assez de ravages

ici ce soir.

Je l'attrape par l'épaule et le pousse vers la sortie.

— Tu devais me raconter quelque chose… je ne vais pas partir tant que tu ne m'as rien dit.

— Je te propose de faire ça à la maison autour d'un verre tranquillement, sans agitation autour de nous. Qu'en penses-tu ?

Il s'arrête brusquement, je me cogne contre son dos.

— Autour d'un verre, tous les deux, me dit-il par-dessus son épaule, humm, oui cela me convient très bien. Allez, on y va… salut Al à la prochaine.

— Pas dans un an mon pote !

— Promis…

Et il me tire rapidement par le bras. J'ai juste le temps de faire un signe à Al qui nous regarde avec la banane au milieu du visage tout en levant son pouce comme pour approuver quelque chose.

Mais putain, dans quoi je viens de m'embarquer encore.

Chapitre 9

JOHN

Nous arrivons enfin à la maison. Le trajet s'est fait dans le silence.

Du coin de l'œil, j'ai observé Émile et j'ai bien vu qu'il était dans ses pensées. Redoutait-il ce moment de me livrer un peu de lui?

Je suis tellement pressé de connaitre enfin son histoire, j'ai besoin de savoir, de comprendre. Plus je le connais et plus j'ai ce sentiment que si je le perds, ma vie n'aura plus de sens. Il est en quelque sorte devenu l'aiguille de ma boussole. Avec lui à mes côtés pour m'indiquer le chemin, je saurais toujours où aller, ne me sentirais jamais perdu.

Je sors de la voiture et prend une grande bouffée d'air frais. Depuis quand j'ai de telles pensées ? Jamais je n'ai eu l'impression d'avoir besoin de quelqu'un pour m'épauler. Mais avec Émile, c'est différent. Il est ce morceau de ma vie qui me manquait pour avancer.

Et moi, je joue un jeu à la con, pour récupérer mon domaine comme être sur deux tableaux : Sophie pour atteindre mes objectifs et Émile sur un plan plus personnel. Et à la fin, je vais en perdre un, c'est certain. Aurais-je fait le bon choix ?

Émile sort à son tour et se dirige vers la porte d'entrée. Il ne m'a toujours pas dit un seul mot depuis que nous sommes partis de chez Al.

Je lève les yeux vers le ciel. Les étoiles brillent sur ce fond noir. Putain de vie de merde, papa qu'ai-je donc fait de si mal pour me mettre dans cette situation qui va me faire souffrir d'une manière ou d'une autre ?

— John ? Tu me rejoins derrière, je vais aller chercher des verres et une bouteille de whisky.

— À ce point ?

— Déterrer le passé, c'est… c'est faire ressurgir des éléments de ma vie qui font mal et je pense que je vais en avoir besoin.

— Em, si tu ne veux pas, rien ne t'y oblige.

Son regard devient plus déterminé, il me tourne le dos et rentre dans la maison.

— Tu sais où me trouver… me lance-t-il avant de refermer derrière lui.

Je souffle un grand coup. Mon besoin de savoir va sûrement lui rappeler de mauvais souvenirs. Mais, je serai à ses côtés… et je compte bien être là pour lui si le besoin s'en fait ressentir, le consoler et le tenir dans mes bras pour atténuer sa douleur. Je ne sais pas ce qu'est son histoire, mais apparemment ce qui s'est passé ne va pas être agréable à revivre pour lui.

Je retrouve Émile sur la terrasse au bord de la piscine. Un lieu bien adapté, car il se situe un peu à l'abri des regards. Il est en train d'installer les verres et la bouteille sur une table basse entre deux transats. Il ne m'a pas encore vu. Je le vois lever la tête vers le ciel et regarder les étoiles, il souffle un grand coup comme pour se donner du courage puis se penche pour verser le liquide ambré dans les récipients.

Je m'avance vers lui et pose ma main sur son épaule.

— Em, si cela te pose un problème, tu n'es pas obligé, me répété-je.

— J'éprouve le besoin également d'en parler John. Cela fait tellement longtemps… d'une manière ou d'une autre, il faudra bien un jour que je raconte son histoire à Chloé. Autant m'entrainer avec toi, me répond-il dans un faible sourire.

Il me tend mon verre et prend le sien. Les lumières de la piscine me permettent de voir son visage, il se concentre et se plonge dans ses souvenirs.

— Nathalie et moi avions dix-neuf ans. Elle était ma meilleure amie, ma sœur de cœur. Nous nous connaissions depuis la maternelle et avions fait les quatre cent coups ensemble. Ses parents sont décédés dans un accident de voiture quand elle était très jeune et sa tante est venue vivre avec elle pour l'élever. Martine n'était pas une personne très aimante, la laissant souvent seule et Nathalie se retrouvait naturellement à la maison. Mes parents la considéraient comme leur fille et elle se sentait chez elle parmi nous. Elle a su très vite, et même avant moi, que j'étais en quelque sorte différent sentimentalement, me dit-il dans un sourire. Elle l'avait remarqué parce que soi-disant, je regardais plus facilement les mecs que les filles lorsque nous étions à la piscine. Elle n'avait pas tort, j'avais plus facilement les hormones qui me travaillaient près d'un homme. J'avais beau avoir les nanas qui me tournaient autour, mais je n'avais aucune réaction dans le pantalon alors qu'avec une personne un peu plus virile… enfin bref, à l'âge de seize ans, j'ai compris que j'étais gay, me dit-il en me regardant. Et j'ai rapidement eu ma première relation sexuelle. Et d'autres ont suivi.

Je l'écoute sans l'interrompre. Ses yeux bleus sont remplis de tristesse et je m'attends au pire pour la suite. Il boit une gorgée de son verre, s'installe sur un transat et regarde les étoiles. Je fais de même et j'attends en silence.

Je le regarde me raconter son histoire, ces instants de sa vie, sans barrière, sans tabous. Les mots sortent tout seul. Il revit ce moment, ses expressions, ses petits sourires lorsqu'il se les rappelle me montrent que pour lui, cela a été une période importante de sa vie.

— Après cette fameuse nuit, nous avons continué à vivre comme avant, cette soirée sexe n'ayant rien changé entre nous. Et puis du jour au lendemain, Nathalie a été malade, elle vomissait tous les matins et ne se sentait pas bien dans la journée. Elle était constamment à la maison, ma mère s'occupait d'elle, car sa tante préférait vivre sa vie. Elle a décidé d'aller voir le médecin. Je suis allé au lycée pour la journée et le soir, quand je suis rentrée, elle n'était pas là et ma mère ne savait pas où elle était. Elle ne répondait pas au téléphone, j'avais peur et commençais à m'inquiéter de ce que le médecin lui avait dit. J'ai couru jusqu'à chez elle et je l'ai enfin trouvée.

Elle était roulée en boule sur son lit et elle pleurait. Des tas de choses me sont passées par la tête quand je l'ai vue comme ça, mais ce qu'elle m'a annoncé n'était pas ce que j'avais imaginé, ce soir-là, elle m'a appris qu'elle était enceinte… que j'étais le père. Je n'ai pas réalisé de suite ce qu'elle venait de m'annoncer. Je l'ai prise dans mes bras et je l'ai bercée en lui disant que tout irait bien, mon portable n'arrêtait pas de biper dans ma poche et je savais que ma mère essayait de savoir si je l'avais trouvée. J'ai décroché pour la rassurer et lorsqu'elle m'a demandé ce que Nathalie avait et pourquoi elle s'était enfuie, ce qu'elle m'avait annoncé m'est revenu et je n'ai pas pu lui répondre. Je venais juste de comprendre que j'allais être père. Nathalie était toujours dans mes bras et me serrait fort, j'étais son pilier, son ancre à laquelle se raccrocher, je devais être présent pour elle, mais la seule chose qui me revenait, c'était que j'allais être père. C'est la voix de ma mère qui hurlait au téléphone qui m'a fait revenir à moi. Je lui ai dit que nous allions rentrer et tout lui raconter. Je me souviens des yeux larmoyants de Nathalie, de son état de détresse et du fait que j'en étais la cause. Ce soir-là, dans sa chambre, je me suis fait la promesse d'être fort pour nous deux et pour le petit être qui poussait en elle, que j'assumerais mes actes et élèverais mon enfant dans une vraie famille. J'ai alors pris la décision de mettre mon orientation sexuelle de côté pour être un père exemplaire. Je n'avais que dix-neuf ans et je ne m'attendais pas à ce que la vie soit si dure avec nous.

Émile a pris une gorgée à son verre, sa main tremble. Son histoire n'est pas terminée et j'ai pris place à ses côtés sur le transat. Nos bras sont collés l'un à l'autre et j'essaie de lui transmettre un peu de chaleur par ce contact. Je suis surpris quand il se penche de mon côté et pose sa tête sur mon épaule. Je comprends qu'il cherche un peu de réconfort, je dépose nos verres sur la table basse et le serre tout contre moi. Il niche sa tête dans le creux de mon cou, une incroyable sensation de bien-être m'envahit. Je réalise qu'il est à sa place dans mes bras et il a besoin de moi en ce moment. Je pose mes lèvres sur sa tempe et lui frotte lentement le dos. Quelques minutes passent et Émile est pris d'un frisson et se redresse. Je ressens comme un sentiment de perte lorsqu'il sort de mon étreinte. Un sourire apparait sur son visage et ses yeux prennent un air malicieux.

— Merci, me dit-il, j'avais besoin d'un câlin.

Je suis surpris quand ses lèvres se posent sur les miennes pour y déposer un doux et léger baiser. Il se retire rapidement et reprend son verre comme s'il était gêné par son geste. Je fais comme si rien n'était même si je préfèrerais que ce moment se renouvelle.

— Tout le plaisir est pour moi et quand tu veux, mes bras te seront grands ouverts… Émile, si tu veux arrêter là, je ne t'oblige à rien…

— Non, je vais continuer, je dois continuer.

— Comme tu veux…

— Il souffle un bon coup et reprend son histoire.

— À partir de là, tout s'est enchainé. J'ai informé mes parents que j'allais prendre mes responsabilités. Ils savaient que j'étais gay et ont été étonnés, mais ils ont été tellement heureux d'être grands-parents. Martine, la tante de Nathalie, l'a traitée de trainée et n'a plus voulu entendre parler d'elle. Elle a donc vécu chez moi pour le plus grand bonheur de ma mère. J'ai trouvé un travail en parallèle de mes études me permettant de subvenir aux besoins de Nathalie. Au début, c'était un peu compliqué entre les études, le boulot et les rendez-vous chez le médecin, mais peu à peu, j'ai pris le rythme.

— Je me souviendrai toujours de la première échographie. J'étais stressé, je ne savais pas à quoi m'attendre et quand le médecin nous a fait entendre le cœur du bébé battre, j'ai pleuré. Le trop plein d'émotions que je conservais est sorti. J'ai pris Nathalie dans mes bras et je l'ai serrée très fort, les larmes coulaient sur nos joues, mais nous étions heureux. Ce petit être devenait en quelque sorte réalité, le battement de son cœur et les images transmises sur le moniteur nous remplissaient d'extase.

Le visage d'Émile reflète toute la joie de cet instant, il se tourne vers moi et continue son histoire.

— Ce que j'ai ressenti ce jour n'a rien de comparable à ce que j'ai vécu pour la deuxième échographie. Quand j'ai appris que j'allais avoir une petite fille, j'étais le plus heureux des hommes. Les images transmises nous présentaient son petit visage, son petit nez, ses petites mains… j'étais déjà gâteux avant de l'avoir dans mes bras. Nathalie rigolait de me voir toucher l'écran du bout des doigts pour dessiner le contour des images.

— À ce moment-là, nous formions une famille heureuse. J'embrassais continuellement le ventre de Nathalie et parlais à notre petite fille. Nous formions un couple sans le sexe et notre amitié n'a jamais été aussi forte.

Ses yeux se voilent de tristesse et se mettent à briller.

— Nathalie a continué ses études jusqu'à ses six mois de grossesse. Et là, elle a commencé à ne pas se sentir bien. Alors qu'elle se rendait à l'hôpital pour un simple examen de contrôle, elle a appris qu'elle avait une leucémie. Sa première inquiétude a été pour notre bébé. À mon grand désarroi, elle a pensé à avorter, mais à ce stade de grossesse, il n'était ni possible d'avorter, ni possible d'accoucher. Elle a donc entamé une chimiothérapie en espérant que notre petite fille n'aurait pas de séquelles. Cette foutue maladie s'est développée si rapidement que les médecins n'étaient pas très positifs quant aux résultats. Sans ce traitement, ils ne lui donnaient pas longtemps à vivre. Elle a été forte pendant toute cette dure période. Je ne savais pas quoi faire pour l'aider, je me retrouvais démuni face à cette putain de maladie, j'avais beau me renseigner sur les divers traitements, mais rien ne pouvait être fait plus que ce qu'elle avait déjà. Les effets secondaires ont été terribles pour Nathalie et elle a dû être transférée rapidement en soins intensifs. Elle était à pratiquement huit mois de grossesse et elle a été prise de douleurs au niveau du ventre. Elle hurlait tellement. J'étais à côté d'elle et je ne pouvais rien faire face à sa souffrance. Je la tenais dans mes bras pour essayer de lui apporter un peu de ma force, elle me serrait tellement fort contre elle que je percevais à travers elle tout le mal qu'elle ressentait. C'était affreux… j'essuyais ses larmes et elle, elle pensait surtout à notre bébé. Elle avait tellement peur qu'elle souffre alors qu'elle devrait être bien au chaud à l'intérieur d'elle. Une douleur très forte lui a traversé le ventre, elle le tenait et pleurait en se disant qu'elle allait perdre notre petite fille, qu'elle était désolée, qu'elle n'allait pas la sauver… J'ai couru dans le couloir pour aller chercher les infirmières qui ne venaient pas assez vite. Quand je suis revenu dans la chambre, le travail avait commencé, les infirmières m'ont poussé et se sont occupées rapidement d'elle. Je me suis approché de Nathalie et l'ai soutenue comme je pouvais… puis Chloé est arrivée. Notre petite fille était toute petite puis elle a poussé un cri très fort à sa sortie. Chloé était en vie et nous montrait qu'elle était là avec nous.

Les larmes coulent le long des joues d'Émile, je le prends tout contre moi et pose mon front contre le sien, j'essuie de mes pouces son visage et lui embrasse le bout du nez. Je le tiens serré, le temps qu'il se reprenne. Je suis attristé parce qu'il s'est passé, moi qui pensais que la mère de Chloé s'était barrée, j'avais tout faux. Je sais que ce n'est pas la fin de son histoire et je m'attends au pire. Mes yeux humides représentent ce que je ressens au fond de moi, de cette peine face à ce qu'il a vécu, de ma tristesse de ne pas pouvoir l'aider à effacer peu à peu ses mauvais souvenirs. La naissance de Chloé aurait dû être un moment heureux pour lui… pour eux, mais il est chargé de tellement d'autres sentiments.

— Une infirmière a enveloppé notre petite Chloé dans une couverture et l'a posée dans les bras de Nathalie. Elle était si faible, mais tellement heureuse de pouvoir tenir son enfant contre elle. J'ai eu l'impression qu'elle mettait toutes ses dernières forces dans son geste si maternel et si plein de tendresse. Elle a embrassé son front et a levé les yeux vers moi… je me souviens encore de ses paroles : « Promets-moi de prendre soin d'elle, promets-moi de tout faire pour que vous soyez heureux tous les deux et toi… de refaire ta vie. Elle est magnifique… tu lui parleras de moi hein ? Tu lui diras que j'étais tellement heureuse d'avoir pu l'avoir dans mes bras, de pouvoir l'embrasser. Mon bébé… Tu es tellement belle… Émile prends-la, je sens mes forces partir. » J'ai juste eu le temps de récupérer Chloé que Nathalie m'a regardé et m'a dit « Je vous aime tous les deux, soyez heureux, ne regrette rien Émile, j'étais heureuse auprès de toi, tu feras un très bon papa ». Ses yeux se sont fermés et les machines se sont mis à biper. Les infirmières m'ont pris Chloé des bras et m'ont poussé à l'extérieur de la pièce, ils ont essayé de la réanimer, mais ils n'ont pas pu. Ils avaient emmené Chloé pour ses premiers soins et j'étais là, seul et démuni dans le couloir, dévasté. Je me souviens d'être tombé à genoux en pleurant sur la perte de ma meilleure amie, de la mère de ma fille. Le médecin est sorti de la chambre et m'a aidé à me relever. Il m'a fait comprendre que malgré le décès de Nathalie, j'avais une petite fille en bonne santé qui avait besoin de moi, que je devais être fort pour elle. Ses paroles ont trouvé le chemin nécessaire pour me permettre de me reprendre un peu. Je suis allé dire un dernier adieu à Nathalie et lui ai promis que Chloé serait toujours heureuse, que je prendrais soin d'elle et que de là-haut, elle pourrait être fière d'elle.

Émile se redresse, essuie ses joues avec sa manche et me regarde intensément.

— Chloé est tout ce qu'il me reste de Nathalie. C'est ma fille et je l'aime plus que tout. Mon bonheur passe après le sien. Je ne ferais rien qui puisse lui faire perdre son sourire. J'ai su pendant neuf ans mettre ma vie en stand-by pour elle et j'espère pouvoir continuer à la rendre heureuse.

Je comprends que ce message m'est adressé. Mais je ne peux pas l'accepter. Oui, il doit rendre heureuse Chloé, mais il ne doit pas s'oublier. Et je ne veux pas lui faire oublier.

— Je te remercie de m'avoir fait confiance en me racontant ton passé. Je comprends mieux maintenant pourquoi tu… nous… enfin, tu as aussi promis à Nathalie de refaire ta vie, d'être toi aussi heureux. Tu ne crois pas que c'est peut-être le moment de tourner la page et justement, faire ce que tu lui as promis ?

Chapitre 10

EMILE

Je me remets peu à peu de mon passé, je reviens lentement dans la réalité. Parler de Nathalie m'a fait du bien. Seuls mes parents connaissaient ce qui s'était passé et maintenant… John.

Je me devais de lui dire que ma fille passera toujours avant moi. Mais sa réponse ne me laisse pas indifférent non plus. Il a raison, j'ai promis à Nathalie d'être heureux et de penser à moi. Je suis très heureux avec Chloé… jusqu'à présent. La rencontre avec John a fait resurgir en moi des sentiments que je m'étais promis d'oublier… comme le fait que j'aime les hommes.

Un frisson me parcourt le dos, la retombée de mes émotions sûrement. La présence de John à mes côtés me réconforte. Il a été tellement présent tout le long de mon histoire, à écouter sans rien dire, en me pressant contre lui au moment où j'en avais le plus besoin. Le baiser que je lui ai donné m'a moi-même surpris, mais c'est venu tellement naturellement, j'en ai été un peu gêné. Et lui, cela n'a pas eu l'air de le déranger non plus.

Je tourne la tête vers lui, il attend ma réponse, c'est certain, mais… qu'attend-il de moi par rapport à ça ? J'ai besoin de savoir et comprendre moi aussi.

— Oui, c'est peut-être le moment. Qu'as-tu à me proposer ?

Ses yeux marron chocolat se mettent à briller et se plissent de malice.

— Hum… j'ai peut-être quelques idées qui me viennent en tête. Voyons voir, déjà te laisser aller, écouter ce que ton cœur te dit et peut-être me refaire un câlin. J'ai bien aimé celui que tu m'as fait tout à l'heure.

Son sourire malicieux me fait marrer. Mais une chose me traverse l'esprit et me fait reprendre mon sérieux.

— Cela serait avec plaisir John, hélas, il ne faut pas abuser des bonnes choses. Et puis, tu as Sophie, elle peut te donner des câlins comme tu le veux. C'est ça que je cherche à te faire comprendre, je ne veux pas me lancer dans quelque chose qui pourrait me faire souffrir et en parallèle faire souffrir Chloé. Ma fille s'attache facilement une fois qu'elle connait les gens et si je m'implique avec une personne, je ne veux pas qu'elle subisse les conséquences de mes actes. Ce qui s'est passé à la grange après… nous, toi et Sophie, je n'ai pas compris, je me suis senti comme trahi. Je ne veux pas m'engager si je ne peux pas avoir confiance en la personne. Ce que je cherche à te faire comprendre, c'est que si je parle à Chloé de ce que je suis, de mes préférences, je veux être sûr que c'est pour une bonne raison.

Au nom de Sophie, je vois John se renfrogner. Il est nécessaire que l'on en parle, il a des projets pour l'avenir qui l'implique et je ne veux pas m'engager dans quoi que ce soit qui puisse nuire au bonheur de ma fille.

— Tu sais pourquoi j'ai besoin de Sophie. Non peut-être pas, tu ne l'as peut-être pas compris. Je suis plus attiré par les hommes de ton genre, si tu vois ce que je veux dire. Ma famille n'en est pas informée et c'est peut-être ça qui m'a mis dans cette situation, mais je ne me sens pas encore prêt à leur annoncer. Ce qui est sûr, c'est que Sophie n'est pas ce que je recherche, elle m'est juste utile pour obtenir ce dont j'ai besoin.

— C'est dégueulasse ce que tu dis et surtout ce que tu fais.

— Peut-être, mais si je veux arriver à mes fins, j'aurai besoin d'elle, mon père ne m'a pas laissé vraiment le choix, tu ne crois pas ? Je ne le montre pas, mais j'aime les hommes et je suis obligé de fonder une famille pour récupérer mes biens, tu penses que c'est juste ? Moi non !

— Tu joues avec ses sentiments… comment crois-tu qu'elle va le prendre quand tu lui annonceras la vérité ? Jouer avec les sentiments, cela fait mal John ! J'en sais quelque chose !

Il baisse la tête avant de replonger son regard dans le mien.

— Avec toi, je ne joue pas…

Nous sommes toujours épaule contre épaule, sa tête se rapproche et ses lèvres se frottent doucement sur les miennes comme s'il avait peur que je le rejette. Je ne bouge pas, je suis toujours focalisé sur le fait qu'il ne joue pas avec moi. Dois-je le croire ? Sa bouche se fait plus insistante et toutes mes questions s'évaporent lorsqu'il mordille doucement ma lèvre. Je laisse échapper un gémissement qui lui sert de déclencheur. Je me retrouve allongé sur le transat et John au-dessus de moi en train de me dévorer littéralement la bouche. Sa langue parvient à s'insérer et entoure la mienne dans un baiser ravageur. Je glisse mes doigts dans ses cheveux pour l'empêcher de reculer.

Il le fait quand même en tirant ma lèvre inférieure entre ses dents. J'aime cette sensation où il prend entièrement possession de moi.

— J'ai envie de toi Em…

— Moi aussi…

— Vivons pour nous ce soir, oublions tous les tracas, j'ai besoin de toi comme tu as besoin de moi, je le sais, je le sens.

John remue son bassin contre le mien me prouvant qu'il ne me ment pas.

— Regarde ce que tu me fais… tu ne peux pas me laisser comme ça… cela fait trop longtemps que j'attends ce moment.

Il se met à la hauteur de mon oreille et me glisse.

— Je veux te prendre de toutes les façons possibles… jusqu'au bout de la nuit, je veux que demain, quand tu te lèveras, que tu saches qui t'a fait ça et que tu penses à moi.

Il prend mon lobe d'oreille entre ses lèvres et le mordille. Un râle sort de ma gorge. Ses paroles m'ont excité au plus haut point, je balance mes hanches contre les siennes pour qu'il sente bien ce que je ressens et ne lui balance qu'un seul mot.

— Montons !

John se relève rapidement et me tire vers lui. Je me retrouve collé contre son torse sur lequel je me fais un plaisir de faire glisser mes mains et finis par les poser sur ses fesses bien fermes. Je le presse contre mon bassin, mon désir est brûlant et il doit sûrement le ressentir à travers nos vêtements. Dans un gémissement, il reprend ma bouche, sa langue la visite sans pudeur, me promettant une suite des plus torrides.

Il nous fait reculer peu à peu vers la maison sans lâcher ma bouche. Lorsque nous arrivons devant l'entrée, il pose sa paume sur ma joue et son front contre le mien, nos souffles sont haletants.

— Tu es sûr de toi Em ? Saches que si tu me dis oui, il n'y aura plus de retour possible.

— Oui.

Sa réaction ne se fait pas attendre, il m'entraine dans la maison. Il s'arrête quelques instants et regarde à droite et à gauche. Je comprends, d'après ce qu'il a pu me dire qu'il vérifie qu'il n'y ait personne pour nous voir, me prend la main et m'emmène du côté de nos chambres.

Arrivés à l'étage, là où plus personne ne peut nous voir, il me colle contre le mur et reprend mes lèvres. Je ne sais plus où je suis sous cet assaut et je sens le mur se dérober derrière moi. Ce que j'avais cru être un mur était en fait la porte de mon appartement. Il la referme d'un coup de pied tout en m'embrassant et m'entraîne vers ma chambre.

Son empressement me fait perdre la tête. Nous nous enlevons mutuellement nos hauts tout en continuant à nous embrasser. Nous sommes torse-nus l'un en face de l'autre, à nous regarder, je détaille chaque zone de son corps, de sa peau dorée par le soleil. Il se place derrière mon dos et m'entoure de ses bras. Ses mains caressent mon torse et ses lèvres se posent dans mon cou. Je place mes mains sur ses hanches pour le rapprocher plus de moi. Je nous vois dans la glace de mon armoire et l'image qui est projetée est des plus sensuelles. Je nous trouve beaux dans cet instant de tendresse partagée. Je m'aperçois que ces moments de passion m'ont manqué. Neuf ans. John a raison, il est temps pour moi de tourner la page et de profiter du moment présent. Sa langue remonte de mon épaule à mon cou goûtant sur ma peau le plaisir de ses caresses. Je veux en faire autant, pourvoir me glisser sur lui, le sentir sous mes lèvres, sur ma langue.

— Laisse-moi te goûter, je n'y ai pas encore eu le droit moi par rapport à toi.

— Je suis tout à toi, me dit-il dans un grognement d'appréciation.

Il s'installe sur le lit et je me positionne à califourchon sur lui. Je fais courir ma langue le long de sa mâchoire vers son torse, titillant ses tétons au passage. Je l'entends gémir. Mes mains défont les boutons de son jeans. Je le lui enlève en même temps que son boxer. Une belle érection se dresse devant moi.

Je la prends en main et exerce une lente caresse de tout son long. Je lève les yeux vers lui et passe ma langue sur mes lèvres. Ses yeux sont brûlants et sauvages, il a la bouche ouverte comme s'il recherchait un souffle d'air.

J'approche ma bouche lentement de son gland luisant. Ma langue en frôle la fente palpitante, son pénis tressaute entre mes mains, mes lents va-et-vient le font durcir un peu plus…

— Oh oui … continue …

Je l'enfonce dans ma bouche, ma langue la caresse, l'aspire. Je joue avec le frein de son gland. Ses mains se posent sur ma tête, m'obligeant à continuer cette douce torture. Ses hanches se mettent à remuer, se mettant au diapason de mes va-et-vient. De ma main, je caresse ses testicules gonflés. Je sens son corps se révulser, son souffle devenir haletant. J'en attrape une dans ma bouche et joue avec ma langue, l'aspire, la lèche. Ils relèvent ses jambes contre son torse, me donnant accès à cet endroit serré. J'y passe ma langue et un long râle sort de sa gorge. Je me fais un plaisir de le goûter, la pointe de ma langue pénètre lentement son orifice me délectant de ses gémissements sous mes caresses.

Ses mains attrapent mes bras me faisant remonter vers lui. Il me positionne sur le dos, mes jambes s'enroulant d'elles-mêmes autour de ses hanches.

Sa bouche s'empare de la mienne, sa langue l'explore la caresse. Son érection se presse sur mon pubis.

— Je rêve plus de moi en toi… si tu vois ce que je veux dire.

— Pas de problème je suis ouvert à tout, mais tu rates quelque chose.

— Peut-être…

John se retrouve sur moi, j'ai la tête relevée vers le haut, lui laissant accès à mon cou que sa bouche n'hésite pas à savourer. Je suis sûr que j'aurais des traces demain, mais en cet instant, je n'en ai rien à foutre, je pense plutôt au plaisir qu'il me procure. Il enlève rapidement mon pantalon. Ses mains me caressent, l'une d'elles attrape mon genou pour me faire relever la jambe sur lui. Je l'entoure tel un serpent autour de sa proie et remue des hanches donnant de légères frictions à nos érections collées l'une à l'autre. Mes doigts parcourent son dos, découvrent chaque tracé de ses muscles, plantant mes doigts lorsque ses dents mordillent un endroit un peu plus sensible. Je le sens descendre lentement le long de mon torse, s'attarder sur un de mes mamelons, le téter, le mordre un peu plus fort me faisant pousser un petit cri de surprise et de plaisir et le lécher pour atténuer la légère douleur procurée. Mes sensations sont à leur paroxysme, je ne sais plus où est-ce que je suis, si … je suis dans ses bras et c'est le seul lieu qui m'importe pour le moment.

Il continue sa descente, ses épaules me faisant écarter les cuisses un peu plus. Ma queue se dresse fièrement devant lui. Je me retrouve écartelé, tout mon attirail exposé à ses yeux gourmands, me promettant monts et merveilles. Ses doigts s'amusent avec mes testicules tandis que sa langue remonte lentement le long de mon sexe. Mes mains serrent fortement les draps tellement le plaisir est intense. Sa bouche avale d'un coup ma longueur, je me retrouve au fond de sa gorge, son nez collé à mon pubis. Il déglutit, massant mon gland dans cet endroit si chaud et humide.

— Oh putain… mon Dieu… je…

— Non moi, c'est John, me dit-il en relevant la tête et en m'adressant un clin d'œil.

— Idiot, lui réponds-je en rigolant.

Tout en continuant à me regarder, il lèche le bout de mon gland, sa langue titillant ma fente. Les battements de mon cœur s'accélèrent lorsqu'il avale de nouveau ma queue bandée. Putain de merde, cela faisait trop longtemps pour moi et s'il continue comme ça, il va croire que je suis un éjaculateur précoce.

Lorsqu'il quitte ma queue pour se diriger vers mon orifice, des spasmes de plaisir parcourent mon corps. Sa langue titille l'entrée de mon corps, le lèche et joue avec pour le rendre plus souple. Il rapproche son index et son majeur de ma bouche et me les fait sucer. Je les tète comme si cela pouvait être une queue. Une fois bien humide de ma salive, il les dirige vers mon anus et joue avec, faisant pression pour essayer de rentrer sans douleur. Je sens sa première phalange me pénétrer. Des frissons me gagnent. Ses lents mouvements me galvanisent et ce n'est que son doigt. Lorsque son deuxième doigt rejoint le premier, mon corps se révulse.

— John… si tu continues… cela fait trop longtemps pour moi, je vais…

— Lâche-toi Em, je veux te voir jouir de mes doigts et de ma bouche avant de te faire jouir de ma queue. Tu es si serré, c'est beau de te voir, tu es beau, nu et à ma merci, me dit-il d'une voix éraillée.

Ses doigts accélèrent, sa bouche reprend ma queue, sa langue enrobant le gland. Un gémissement sort de mes lèvres lui prouvant que ce qu'il me fait m'entraine là où il le veut. Mes hanches ondulent toutes seules, les battements de mon cœur deviennent irréguliers et lorsqu'il touche ma prostate, je pars en vrille. Je sens l'orgasme monter le long de mon membre.

— John, pousse-toi, je viens !

— Hors de question, me dit-il dans un grognement et en ravalant ce qu'il venait de lâcher.

Ses doigts accélèrent, caressant cet endroit super sensible en moi, le bruit de succion de ses lèvres me propulse vers cette libération tant attendue. Mon orgasme explose dans sa bouche, j'ai l'impression que je n'en finis pas, mon bassin se propulse contre sa bouche à chaque vague de plaisir que je ressens.

Je suis complètement essoufflé lorsque les derniers frémissements se terminent. John remonte vers moi avec un gémissement de satisfaction.

— Je... je ne t'ai pas fait mal, lui demandé-je en glissant mes doigts dans ses cheveux.

Je suis en sueur et sa main remonte le long de mon torse. Ses yeux pétillent et sont remplis de désir.

— Putain non... si je m'attendais à ça, tu es magnifique dans la jouissance et ta saveur... putain, je crois que je ne m'en lasserai pas.

Il s'empare de mes lèvres, sa langue enrobe la mienne et je sens mon goût dans sa bouche. Dans un grognement appréciateur, je deviens affamé et l'entraine dans un baiser fiévreux. Cela fait tellement longtemps pour moi que j'ai l'impression d'être un jeune homme ayant sa toute première expérience.

Je reprends mon souffle dans le creux de ses bras.

— Que voulais-tu dire quand tu m'as dit que cela faisait longtemps ?

— Neuf ans...

— Cela fait neuf ans que tu n'as eu aucune relation ? me demande-t-il étonné.

— Disons, que je me suis consacré au bonheur de ma fille et je ne voulais en aucun cas qu'elle souffre d'une quelconque relation et lui imposer mes déboires amoureux.

— Tes déboires ? C'est comme ça que tu appelles ça ? Tu es ce que tu es Em… un homme merveilleux, un homme qui a pris soin d'elle depuis toute petite et je suis sûr que ta fille n'aurait rien dit pour empêcher ton bonheur même du haut de ses huit ans.

— Peut-être… je n'ai jamais voulu tenter quoi que ce soit donc ma main et le lubrifiant sont devenus mes meilleurs amis, lui dis-je en ricanant.

Un regard lubrique se forme sur son visage.

— Ta main ? Je suis certain que tu dois être super bandant à te palucher tout seul… j'espère que j'aurais droit à ce petit spectacle à un moment ou à un autre, cela m'excite rien que de t'imaginer. Il m'embrasse avec ardeur sans me laisser de répondre, sa main descendant vers ma hampe qui redevient dure et en attente d'attention. Il commence à me masturber tout en me fixant dans les yeux. Ce que je retiens surtout, rajoute-t-il d'une voix rauque, c'est que j'ai l'impression que je vais te reprendre ta virginité, tu dois être tout serré depuis toute cette période d'abstinence, et je suis honoré que tu m'offres ce cadeau.

Il effleure mes lèvres du bout de sa langue.

— J'ai tellement envie de toi… me souffle-t-il, que j'ai l'impression que je vais jouir dès que je vais te pénétrer.

Ses paroles et sa main qui s'active sur ma queue font augmenter ma chaleur corporelle. Je n'ai qu'une hâte, c'est de le sentir en moi, de retrouver des sensations que j'avais banni, qu'il me fasse revivre…

Je le sens dans le même état que moi et je prends conscience que lui n'a pas joui.

Je prends sa tête entre mes deux mains et caresse ses lèvres gonflées de mon pouce.

— Et toi ?

— Parce que tu crois que j'en ai fini avec toi ? Ce n'était que le début de la nuit là, Em ! Me fait-il savoir en se réinstallant sur moi. Tu sens comme je suis dur pour toi, l'entends-je me dire en pressant son érection contre mon bassin. Mais moi, c'est en toi que je veux jouir.

Ses mouvements de frottement sur ma queue lui font reprendre peu à peu de la vigueur. J'attrape ses hanches pour onduler avec lui. Ses yeux sont de la lave en fusion, ils me brûlent par leur expression de désirs intenses.

— John, je… cela fait tellement longtemps pour moi que je… j'ai peur que…

— Je te promets d'être doux Em, on va faire cela calmement, mais ne t'attends pas à ce que la deuxième fois ce soit pareil !

— Que veux-tu dire ?

— Laisse-moi te surprendre, me déclare-t-il en m'embrassant. Tu as des préservatifs ? Du lubrifiant ?

— Du lubrifiant oui, car je l'utilise pour moi, lui dis-je dans un sourire, par contre des préservatifs non.

— Putain et moi j'ai oublié d'en racheter.

Il s'écroule à mes côtés avec un grand soupir et me regarde intensément.

— Em… je me suis toujours protégé… le nombre de rapports que j'ai pu avoir n'est pas tellement important et… putain… quel con de ne pas avoir pensé à un truc si important, me fait-il en se positionnant sur le dos, le bras replié sur ses yeux.

Toujours sous le coup de mes émotions, j'essaie de me remettre les idées en place. Je le vois complètement désespéré à mes côtés, nu, le sexe encore raide et dans l'attente d'être soulagé. Il est superbe et pour le moment, tout à moi. Mais la dernière fois que je l'ai fait sans capote, cela s'est mal passé. Mais c'était Nathalie et moi je ne risque pas de tomber enceinte. Et j'ai vraiment envie d'aller jusqu'au bout avec John. Puis-je lui faire confiance ? Qu'en est-il de Sophie ? Il m'a dit qu'il ne jouait pas avec moi, dois-je le croire ? Ma foutue conscience me dit que ce n'est pas une bonne idée, mais d'un autre côté, il m'a offert un orgasme que je ne suis pas près d'oublier.

J'avance ma main sur son torse et laisse mes doigts glisser sur ses abdos. Ils sont durs et doux sous mon toucher, une légère chair de poule lui couvre la peau. Sa main me bloque m'empêchant de continuer mon exploration.

— Arrête Em, grommèle-t-il, les yeux toujours cachés par son bras et la respiration haletante.

Je me penche et lui embrasse son aisselle. Certains trouvent cela dégoûtant, mais moi j'adore, je m'enivre de son odeur, de son goût. Je sors la langue et le lèche jusqu'à son cou en me collant plus à lui, serrant ma queue contre sa hanche et sa réaction ne se fait pas attendre. Je me retrouve rapidement sur le dos, les mains encerclées par les siennes au-dessus de ma tête.

— À quoi tu joues ?

— Je veux tout John, tout ce que tu m'as dit.

Il me fixe, cherchant à déterminer s'il a bien compris ce que je viens de lui dire. Je lève la tête et l'approche de son oreille.

— Je suis tout à toi.

L'excitation et la tension sexuelle refont surface sous son regard qui devient sombre de plaisir et de promesse de sexe intense.

— Tu es sûr de toi Em ?

Je souris, nous revenons à notre conversation du début.

— Oui.

— Oh putain merci mon dieu !

— Non moi, c'est Émile, lui dis-je en riant.

Un sourire gourmand apparaît sur ses lèvres.

— Idiot, et il s'empare de ma bouche, m'envahissant totalement. Ton lubrifiant ?

— Dans la table de chevet.

— Tu n'as pas peur que Chloé le découvre ? me demande-t-il en se penchant pour récupérer la petite bouteille.

— C'est déjà arrivé, dis-je en riant. Elle a cru que c'était de la crème pour les mains et s'en est mis partout.

— Sacrée gamine… elle est adorable.

John s'assoit dos contre la tête de lit et me tend la main. Je me relève et me dirige vers lui à quatre pattes.

— Humm… ça, cela sera notre prochaine position, pour l'instant, assis-toi sur mes jambes. De cette façon, c'est toi qui mèneras la danse du moins au début.

Je m'installe comme demandé, les cuisses serrées autour de sa taille et je me retrouve collé à lui. Il attrape ma lèvre et la mordille, tirant légèrement dessus, nos lèvres s'unissent et nos langues se lancent dans une danse exquise. Ses mains me caressent le corps tandis que je positionne mes bras autour de son cou. Son torse contre le mien est un puissant aphrodisiaque et je me laisse porter par les sensations. Il attrape le lubrifiant et s'en met sur les doigts avant de se diriger vers mon orifice. Celui-ci palpite déjà d'attente. Il me masse légèrement avant d'insérer une phalange entamant de légères pressions. J'ondule des hanches, j'en veux plus. Je positionne ma tête dans son cou et le mordille, prend un lobe entre mes lèvres et le suce. Nous ne sommes que halètements et râles. Nos queues frottent l'une contre l'autre. Je me mets également du lubrifiant dans la main et les serre dans ma paume. Au rythme de ses doigts dans mon cul, je commence un va-et-vient et passe mon pouce sur nos glands turgescents.

— Putain bébé, dis-moi que tu es prêt, car je n'en peux plus.

Ses doigts font des mouvements presque frénétiques frôlant ma prostate à chaque pénétration et je me sens plus que prêt pour son invasion. Il m'aide à me soulever légèrement en me tenant à lui. John guide sa queue sur mon entrée. J'enfourche son pénis en érection et descend lentement. Je fixe John dans les yeux tout le long de ma descente. Une légère brûlure apparaît, mais le travail de sa langue et de ses doigts m'ont bien préparé. Le plaisir prend rapidement le dessus. Il se retrouve enfoncé en moi jusqu'à la garde et les sensations sont incroyables. Ses mains bloquent mes hanches, me laissant m'habituer à son intrusion. Je commence à bouger peu à peu et un éclair de plaisir me traverse le dos. Je vois les yeux de John se révulser. Ses doigts me serrent tellement fort que je suis sûr que j'aurai des bleus demain. Quand je les regarderai, je suis certain qu'ils me rappelleront que je dois recommencer et de ne plus attendre.

—Em… putain qu'est-ce que t'es serré… doucement, bébé, profitons de ce moment…

Il me serre contre lui et je commence à rebondir sur mes jambes. Nos langues se lancent dans une lutte endiablée, nos doigts explorent, tâtent, pincent chaque centimètre de peau se trouvant à leur portée.

Je me penche en arrière pour entamer un mouvement d'ondulation. John crache dans sa main et commence à me branler. De son autre main, il me caresse le corps et descend lentement pour me masser les bourses. Nos yeux sont accrochés l'un à l'autre, se complaisant du plaisir de l'autre.

— Bébé, je ne vais plus pouvoir attendre, je …

— Oui, maintenant…

— Plus vite ! Oh bordel, oui comme ça !

Nos mots ne sont plus prononçables, nos mouvements s'accélèrent deviennent désordonnés, nos peaux claquent l'une contre l'autre, nous cherchons tous les deux la même chose.

Mon orgasme explose, des étoiles apparaissent devant mes yeux et je m'écroule sur John en disant son nom.

Lui n'en a pas fini, je le sens. Je me recule et il lâche un juron bien senti. Je l'embrasse avant de me positionner sur mes deux genoux, mon cul dirigé vers lui. Je le regarde par-dessus mon épaule.

— Tu ne m'as pas dit tout à l'heure que cela ne serait pas notre prochaine position ?

Je n'ai pas besoin de lui répéter deux fois, il se place derrière moi et je sens son gland à l'entrée de mon trou.

Il rentre facilement dans un gémissement. Ses mains me caressent le dos alors qu'il commence à balancer ses hanches. Cette position a l'avantage d'éprouver des sensations complètement différentes. Il m'attrape l'épaule et la serre alors qu'il accélère. Il me maintient fortement et l'impression d'une bonne chevauchée me traverse l'esprit. Je lève la tête et je vois notre reflet dans le miroir. Mes yeux accrochent le regard de John dans la glace. Celui-ci devient de plus en plus incandescent à l'approche de sa libération. Le voir tel un conquérant exprimant sa domination sur mon corps me fait comprendre que je suis fichu, car en cet instant même, je lui appartiens corps et âme.

Dans de grands mouvements de hanches faisant claquer nos peaux, John pousse un râle puissant en rejetant la tête en arrière, les yeux révulsés par le plaisir ressenti. Je sens sa semence se répandre en moi, me marquant au fer rouge. Il est si magnifique dans cet instant de libération que je ne peux détacher mon regard de lui.

Il s'écroule m'entrainant avec lui, s'enroule autour de moi. Il m'attrape le menton et tourne ma tête vers lui. Il m'embrasse dans une ultime possession et coup de reins avant de se caler dans mon dos, son souffle chaud sur ma nuque.

— Em, tu es la plus belle chose qui me soit arrivée depuis longtemps, me dit-il avant de s'endormir.

Je souris dans l'antre de ses bras et m'endors en repensant à cette soirée où nous ne devions pas déraper.

Je me réveille au petit matin. Je suis seul dans mon lit.

John a dû partir pour éviter que quelqu'un nous aperçoive. Il m'a bien fait comprendre que personne n'était au courant pour lui et j'admets que je n'aimerais pas que Chloé déboule dans ma chambre et le trouve à mes côtés. Je ne sens pas prêt à lui expliquer la situation pour le moment.

Et surtout, je ne suis pas sûr de nos sentiments l'un pour l'autre.

Je me lève et pars dans la salle de bain. Une légère gêne au niveau de mon derrière me fait sourire. Il a tenu ses paroles et ne m'a pas loupé. J'ai besoin d'une bonne douche pour délasser mes muscles qui n'ont pas été sollicités depuis trop longtemps.

Je me retrouve devant la glace et regarde les marques que John m'a laissées.

Des ecchymoses apparaissent au niveau de mes hanches et une trace rouge se forme au niveau de mon cou. Je passe mes doigts dessus, des frissons me parcourant aux souvenirs des délices de la nuit. Pour cacher celle-ci, il va falloir que je porte des chemises à col montant. Ce n'est pas malin.

Ma douche terminée, je m'habille rapidement et file rejoindre la famille Richard pour le petit-déjeuner. Ma fille doit m'attendre aussi pour me raconter sa soirée chez Anaïs et j'ai hâte de retrouver John.

Lorsque j'arrive dans la salle à manger, je suis stoppé par le spectacle qui m'attend. C'est quoi encore ces conneries ?

John est attablé avec Sophie et celle-ci est collée à lui.

— Je suis désolé pour hier Sophie, je me suis laissé emporter par la situation.

— Ce n'est pas grave John. Maintenant, le plus important, c'est que nous repartions sur de bonnes bases.

— Pour me rattraper, cela te dit d'aller à la fête du village avec moi samedi soir ?

— Tu me proposes de sortir avec toi ? Devant tout le monde ? Oh oui, avec grand plaisir.

Je vois une Sophie tout heureuse lui sauter dessus. John rigole, lui attrape la main et l'embrasse.

Je me sens trahi sur ce coup-là. Lui qui disait : « *ne pas jouer avec moi* », je me suis bien fait avoir. Il redresse la tête et me voit. Il me fait un grand sourire et un clin d'œil. Je suis en totale incompréhension devant son attitude. Je ne sais pas comment me comporter et où avancer. Que représente notre nuit pour lui ?

    Je suis arrêté dans mes réflexions par ma fille. Elle me saute dessus, tout heureuse de me voir. Elle commence à me raconter sa soirée et je décide de me concentrer sur elle. Je ne dois pas me laisser aller par mes sentiments. Il n'y a qu'elle qui compte. Je me détourne de John et serre très fort Chloé tout contre moi. J'ai besoin d'un gros câlin et de me sentir aimé et ma puce m'apporte tout ce dont j'ai besoin pour le moment.

Chapitre 11

JOHN

Je me réveille avec Émile dans les bras. Cette nuit n'a pas été un rêve, mais vraiment la réalité, une merveilleuse réalité. Je le serre un peu plus contre moi et mon érection commence à se faire sentir. Je la place entre ses fesses, profitant de sa chaleur.

Je me sens heureux. J'aimerais bien profiter de la situation seulement, je dois me lever. Je ne veux pas que ma famille me découvre ici et surtout pas Sophie. Je ne pense pas qu'Émile serait content si Chloé déboulait dans la chambre et me voyait dans son lit.

Je me dégage délicatement et Émile grogne. Je le vois se pelotonner à mon emplacement et enfoncer sa tête dans mon oreiller en le serrant contre lui. Dans son mouvement, le drap glisse le long de son corps et s'arrête au niveau de ses fesses. Putain, il est magnifique. Son dos est assez musclé et sa peau commence à prendre une couleur dorée prouvant son travail en extérieur torse nu pour le plus grand plaisir de mes yeux. De légères marques apparaissent au niveau de ses hanches. Je n'ai pas été dans la délicatesse hier soir, mon désir pour lui était si important que j'avais besoin de le posséder comme pour lui montrer à qui il appartenait.

Je réalise que le fil de ma pensée m'a emmené vers d'autres horizons que celui que je m'étais fixé. Je veux être avec Émile, c'est un fait, une réalité. Néanmoins, je me dois de récupérer mon domaine et seule Sophie peut m'aider à atteindre cet objectif. Je dois absolument me rapprocher d'elle et faire comprendre à mon comptable hyper bandant que je ne veux pas que cela se termine entre nous.

Va-t-il le vouloir ? Je sens que ça va être compliqué au vu de ce qu'il m'a dit hier soir, mais il faut absolument que j'arrive à concilier les deux. Je ne m'imagine perdre ni l'un ni l'autre en ce moment. Je me suis trop investi pour en lâcher un. Et j'ai besoin des deux pour vivre pleinement ma vie.

Nous allons devoir faire avec Sophie, nous n'avons pas le choix et je dois le faire comprendre à Émile.

Il bouge légèrement et le drap glisse un peu plus. La vision offerte me fait bander de nouveau. Des idées plus salaces les unes que les autres me viennent à l'esprit. Mais à cette heure-là, je ne peux pas les mettre en application, il est temps pour moi de partir. Je me rhabille sans faire de bruit en remballant ma frustration douloureuse. Une bonne douche va me permettre de l'évacuer. Ma main ne pourra pas remplacer Émile, mais je ne peux pas me pointer au petit-déjeuner avec une érection visible de tous sous mon pantalon.

Je quitte la chambre sans avoir lancer un dernier regard vers le lit et l'objet de mes désirs.

Je descends à la salle à manger. La douche m'a fait du bien et je me sens d'attaque pour une belle journée. Je me sens conquérant, rien ne pourra me résister aujourd'hui.

J'arrive d'un pas heureux et vais me servir un café. Ma mère et Charles sont déjà attablés et discutent tranquillement. Je me dirige vers eux et embrasse ma mère sur la joue.

— Bonjour Maman, Charles.

— Bonjour mon fils, tu as l'air bien heureux ce matin.

— Oh oui, je me sens d'attaque pour cette journée après avoir passé une excellente nuit.

— Bien qu'as-tu prévu aujourd'hui ?

— Je vais sûrement m'enfermer un moment avec Émile au bureau ce matin pour discuter de certains projets que je souhaite mettre en place et cet après-midi, nous avons un groupe envoyé par l'Office de Tourisme pour une visite.

— Qu'as-tu prévu encore de développer avec Émile, John ?

Un petit sourire apparaît sur mon visage. Ah si elle savait ce que je compte faire dans le bureau, elle ne me poserait pas la question.

— Avant de te dire quoi que ce soit, je vais d'abord voir si c'est réalisable Maman. Tu es trop curieuse !

— Tu ne me referas pas. L'entreprise a tellement changé depuis ton retour que je ne m'imagine même pas ce que tu peux encore inventer. N'est-ce pas Charles ?

— Oh oui, je me sens complètement dépassé maintenant. Surtout depuis qu'Émile est arrivé. C'est un excellent atout pour notre entreprise. Je ne regrette pas du tout de l'avoir sélectionné.

— Et moi donc, lui dis-je. Je ne peux plus me passer de lui.

— Vous formez tous les deux une excellente équipe, confirme Charles. Cela me rappelle mes débuts ici, mais c'était un autre temps…

— Le temps des dinosaures, réponds-je en riant.

— Petit insolent, si tu étais encore un gamin, je t'aurais tiré l'oreille, rétorque ma mère, un grand sourire sur le visage. Je suis heureuse qu'Émile et toi vous vous entendiez bien. Je sens déjà une autre dynamique qui se développe pour le bénéfice de notre société. Cela m'enchante de vous voir travailler tous les deux en parfaite symbiose.

S'ils savaient qu'Émile et moi formons plus qu'une équipe. Le contresens dans leurs propos, que moi seul perçois, me fait sourire.

Deux petites tornades arrivent dans la salle suivies de Caroline. Chloé se précipite vers moi dès qu'elle me voit et je la soulève dans mes bras.

— Bonjour Monsieur John, me fait-elle en déposant un gros bisou sur ma joue. Tu as vu mon Papa ? Tu fais quoi aujourd'hui ? Je pourrai venir avec toi ?

J'adore cette gamine, elle rajoute un rayon de soleil à ma vie. Si j'avais la possibilité d'avoir un enfant un jour, j'aimerais qu'il lui ressemble.

— Bonjour ma puce. Non je n'ai pas vu ton papa ce matin, mais il doit sûrement se préparer et ne va pas tarder à arriver. Et non, tu ne pourras pas être avec moi aujourd'hui. J'ai prévu de faire des choses où je ne peux pas t'emmener.

Surtout avec ce que j'ai en tête. Je la repose par terre. Un petit air déçu apparaît sur son visage.

— Bon tant pis. Elle se tourne vers Anaïs. On va continuer à faire notre cabane et y faire notre goûter cet après-midi.

— Anaïs, Chloé, venez prendre votre petit-déjeuner, les interpelle Caroline.

— À plus tard Monsieur John.

Elles se dirigent vers Caroline en se tenant la main.

— Cela fait du bien d'avoir un peu de jeunesse dans cette maison. Hier après-midi, il n'y avait que des éclats de rire autour de la piscine, c'était un vrai bonheur de les entendre, me dit ma mère. Ce sont en quelque sorte les petites filles que je n'ai pas.

Je sens un petit ton de reproche dans sa voix. Je pose une main sur son épaule et l'embrasse sur le haut du front comme pour m'excuser de la situation. Elle pousse un grand soupir et me tapote la main.

— Ça va, j'ai compris. Avec Anaïs et Chloé à la maison, je peux jouer mon rôle de grand-mère. Tout ce que je veux, c'est ton bonheur mon chéri.

Je la remercie d'un petit sourire et vais me resservir un café. Je préfère éviter ce type de conversation avec elle, car cela va forcément déraper vers ma relation avec Sophie.

Ma prétendante arrive justement au même moment. Je ne peux pas le nier, c'est une très belle femme, mais elle n'est vraiment pas mon genre. Je dois lui faire un enfant et franchement, je me demande comment je vais y arriver malgré tous ses atouts. Je repousse cette pensée et me dirige vers elle. Je la vois se raidir à mon approche et son regard devient méfiant.

— Bonjour Sophie. On peut discuter tous les deux ? Je voudrais m'excuser pour ce qu'il s'est passé hier après-midi.

Son corps se détend et un grand sourire apparait sur son visage.

— Avec plaisir John, je vais me chercher un café et je te rejoins.

Je m'installe au bout de la table pour être éloigné de ma mère. Le regard qu'elle me lance me fait comprendre qu'elle n'approuve pas mon choix et je n'ai pas envie qu'elle se mêle de ma conversation malgré qu'elle risque de tout entendre.

Sophie arrive et s'installe à mes côtés, rapprochant au maximum sa chaise de la mienne. Elle créé elle-même son petit moment d'intimité. C'est un peu gênant, mais je la laisse faire. Si je veux qu'elle aille dans mon sens, je dois lui faire plaisir.

— Il faut que je t'explique ce qui s'est passé hier. L'homme que je t'ai présenté est mon concurrent direct, Nathan Lacausse. Ce connard veut absolument récupérer mon entreprise et mon père lui en a laissé la possibilité par le biais de son testament. Je dois me marier pour que mon entreprise me revienne de droit. C'est pour ça que je suis passé par cette agence. Jusqu'à présent, je ne t'en ai pas parlé, car je voulais absolument te connaître et nous laisser une chance. Donc, voilà tu connais maintenant pourquoi je suis passé par ce moyen de rencontre. Veux-tu toujours rester ?

Je prends sur moi, je n'ai pas d'autres choix.

— Donc, si j'ai bien compris, tu te sers de moi pour récupérer le domaine ?

— Je ne me sers… pas de toi, non. J'essaie de te connaître avant et…

— Tu ne me l'as pas beaucoup fait comprendre dernièrement!

— Je suis désolé, mais je vais me rattraper.

Sophie reste silencieuse un petit moment. Elle a l'air de réfléchir à la situation tout en m'observant.

— Oui, John, je veux bien rester.

Je me sens soulagé d'un coup. Je vais peut-être pouvoir mettre mes projets à exécution.

— Merci et je suis désolé pour hier Sophie, je me suis laissé emporter par la situation.

— Ce n'est pas grave John. Maintenant, c'est important que nous repartions sur de bonnes bases.

— Pour me rattraper, cela te dit d'aller à la fête du village avec moi samedi soir?

Émile m'a dit de faire plus connaissance, de sortir avec elle. C'est l'occasion rêvée et de plus, je ne serais pas seul, Éric, Caroline, Émile et les filles ayant prévu d'y faire un tour également.

— Tu me proposes de sortir avec toi devant tout le monde? Oh oui, avec grand plaisir.

Elle me saute dessus pour m'embrasser. Son enthousiasme me fait faussement rigoler et pour la calmer, je lui attrape la main où j'y dépose mes lèvres.

Lorsque je relève les yeux, je vois Émile à l'entrée de la salle. Mon homme est arrivé et mon cœur bat plus vite. Je lui fais un grand sourire et un clin d'œil, cette nuit me revenant en tête.

Je n'ai aucun retour de sa part, ni un hochement de tête, ni un salut, rien. Que lui arrive-t-il ? Je le fixe et son regard est sans expression, ce que je vois dans ses yeux n'est que tristesse. Mais putain, qu'est-ce qu'il a ? Après la nuit que nous venons de passer, il devrait être heureux non ? Un éclair de vie y apparaît quand sa fille se précipite vers lui. Il l'attrape dans ses bras et lui fait un gros câlin.

Il s'installe à ses côtés pour prendre son petit-déjeuner et me tourne pratiquement le dos sans m'adresser un regard. Il l'écoute lui raconter sa soirée avec Anaïs et toutes ces petites choses qui lui semblent très importantes. J'aimerais me retrouver auprès d'eux en ce moment, mais Sophie me tient toujours la main en continuant de me parler.

— Cela serait bien si nous pouvions passer une soirée tous les deux cette semaine à l'extérieur, ça te dit ?

— Hun hun, dis-je distraitement toujours focalisé sur Émile.

— Génial, je vais programmer ça demain soir. On pourra mieux faire connaissance et puis… je peux peut-être réserver une chambre à l'hôtel ?

— Oui, comme tu veux.

Pourquoi, il ne me regarde pas ? Il n'a pas apprécié ce qui s'est passé hier soir ?

Sophie me saute dessus et pose ses lèvres sur les miennes. Je la repousse aussitôt et heureusement, elle n'en tient pas rigueur. Je la regarde cherchant à comprendre pourquoi elle a fait ça.

— Je te promets que je vais nous préparer une petite soirée bien romantique. Je connais un hôtel pas très loin d'ici et nous allons y passer un très moment. Je te promets une nuit que tu n'oublieras pas.

Merde, qu'est-ce que je viens d'accepter ?

Ma mère se lève et se dirige vers la sortie non sans m'avoir lancé un regard dédaigneux. C'est sûr, elle a entendu toute la conversation et la soirée avec Sophie n'a pas l'air de lui plaire.

— Euh… génial Sophie.

Je ne sais pas quoi lui dire d'autre, car je viens de voir Émile se lever après avoir embrassé sa fille et lui avoir dit qu'il allait travailler.

Sa démarche est raide. Je laisse échapper un petit sourire, me laissant croire que c'est à cause de moi qu'il a cette allure.

— Vu ton petit sourire, je suis sûre que tu t'imagines déjà y être.

J'essaie de me remettre dans la conversation.

— Sophie, c'est une soirée pour faire plus connaissance, tu comprends.

— Oui oui, je comprends mon coquin. Allez, je file, je vais nous préparer quelque chose aux petits oignons.

Je n'ai pas le temps de lui répondre quoi que ce soit qu'elle est déjà partie. Je viens de me fourrer dans une sale embrouille. Il va falloir que je la joue finement pour ne pas la vexer. Mais pour le moment, je dois rejoindre Émile. Je veux savoir ce qui ne va pas.

J'arrive au bureau. Ce dernier est au téléphone avec un client. Je comprends à sa conversation qu'il est avec l'Office du Tourisme. Celui-ci réserve des dates et mon homme note sur le planning les plages réservées. Mon homme… oui, c'est comme ça que je le vois après cette nuit fantastique. De plus, il s'est vraiment impliqué dans la gestion de «Richard et fils», il m'apporte beaucoup dans tous les sens du terme. Je ne sais pas si j'aurais pu y arriver sans lui. Il gère tout le côté administratif et moi la partie manuelle. Ma mère et Charles ont raison de dire que nous formons une équipe de choc.

Il raccroche et finit d'inscrire le rendez-vous sur l'agenda. Il ne m'a pas encore vu. Je m'approche doucement derrière lui et passe mes bras autour de sa taille pour le coller à moi. Je remonte mes mains sur son torse en une lente caresse et je pose mes lèvres dans son cou. J'émets un grognement d'appréciation et colle mon bassin contre son derrière tentateur pour lui faire sentir l'effet qu'il me fait.

La réaction d'Émile n'est pas celle que j'attends. Il m'attrape les mains pour les repousser et se retourne. De la colère transparaît dans son regard.

— À quoi tu joues John ?

Je suis sidéré par son ton. Après cette nuit qui pour moi est inoubliable, je ne comprends pas son attitude.

— Pardon, mais… je voulais juste te dire bonjour convenablement après… cette nuit. C'est quoi ce comportement ? Tu regrettes ? Je t'ai fait mal ?

— Me dire bonjour convenablement ? Tu crois vraiment que je vais avaler tes bobards ?

— Em, je ne comprends pas…

— Tu ne comprends pas quoi ? Que la nuit ensemble a été fantastique ? Que dormir entre tes bras était un pur bonheur ? Que de me pointer au petit déj' le matin et te retrouver dans les bras de Sophie a été une surprise ? Que de l'entendre préparer votre petite sauterie était bandante ? Que je me suis senti trahi, car j'ai cru à quelque chose qui n'aura jamais lieu ? Putain John, tu crois quoi ? Que je suis un gigolo avec qui tu pourras coucher quand tu auras besoin de te soulager parce que tu n'y arrives pas avec Sophie !

Il me crache presque ses phrases à la figure. Je l'ai blessé sans le vouloir. Eh merde, je me retrouve comme un con à l'écouter me déballer ses ressentis sans réagir. Pourtant, tout est clair dans ma tête, Sophie pour le domaine et Émile pour ma vie personnelle. Mais à vouloir jouer, je me suis brûlé les ailes. J'étais tellement persuadé que je pourrais avoir mon domaine et Émile, que je n'ai pas fait cas des sentiments. Et pourtant, Émile m'avait averti hier après ma dispute avec Sophie de faire attention, que je risquerais de blesser quelqu'un.

Ses beaux yeux bleus n'expriment que douleur et peine. Je lève la main pour la poser sur sa joue, il recule pour repousser la tête et se dirige vers la machine à café.

Je reste planté au même endroit. Il vient de me rejeter de nouveau et cette sensation de perte m'envahit.

— Em, ce n'est pas ce que tu crois, je…

— Tu oses me sortir une phrase bateau. Malgré ce qui s'est passé cette nuit, nous allons en rester là. Je vais reprendre mon rôle d'employé et toi ton rôle de patron. Tu pourras ainsi t'occuper de Sophie convenablement et en faire ta femme. Le domaine te reviendra et tu auras beaucoup d'enfants, ricane-t-il.

Un gouffre s'ouvre sous mes pieds et je me sens tomber dans les abysses d'un monde complètement vide et sombre et non dans celui d'un conte de fées.

Je ne peux pas le laisser partir de ma vie sans me battre. Un regain d'énergie me saisit. Je commence à me diriger vers lui, mais ma mère rentre à cet instant.

— Ah John, tu es là.

— Maman ?

— Émile, vous n'avez pas l'air bien.

— Ne vous inquiétez pas Madame Anna, juste une nuit agréablement courte et mouvementée.

Sa remarque me fait sourire et me redonne un peu d'espoir.

— C'est vrai que vous êtes sorti avec John hier soir. Ou l'as-tu emmené ?

— Chez Al, que j'ai d'ailleurs retrouvé.

— Ce chenapan est toujours responsable du bar ? Qui l'eut cru ! Vous avez fait les quatre cent coups ensemble…

— Cela date Maman, on était encore des ados qui s'imaginaient que le monde leur appartenait.

Ma mère se met à rigoler.

— Oui et tu m'as aussi donné mes premiers cheveux blancs à cette période. Le principal, c'est que vous avez pu passer ensemble une bonne soirée. John, je voulais te voir pour tout autre chose. J'ai besoin que tu me remplaces pour le séminaire qui commence demain.

— Demain ? Mais Maman, il faut que je parte aujourd'hui et cela se passe sur deux jours non ? Tu me préviens à la dernière minute ?

— J'ai un rendez-vous médical que je ne peux pas reporter.

— Un rendez-vous médical ?

— Rien de grave John. J'ai juste besoin que tu ailles à ma place, c'est tout.

Ma mère me surprend, car elle aime participer à ce genre de séminaire et je lui laisse sans problème ma place, ne me sentant pas à l'aise dans ce genre de rencontres.

— Du coup, tu n'oublieras pas d'annuler ta soirée avec Sophie…

Et elle quitte la pièce, un petit sourire aux lèvres. Ah c'est donc ça ! Elle a manigancé un rendez-vous pour que je n'aille pas à cette soirée. Sans le savoir, elle me sauve d'une situation dans laquelle je ne savais pas comment m'extirper.

Je secoue la tête en levant les yeux ciel. Sacrée maman !

Je me tourne vers Émile toujours stoïque et le visage fermé. Je me place devant lui et le regarde droit dans les yeux.

— Notre conversation n'est pas terminée. Je te promets que nous la finirons à mon retour. Nous avons besoin de parler tous les deux et je ne te laisserai pas me quitter pour une histoire idiote.

— C'est vous qui voyez patron !

— Merde Émile, arrête...

Son air buté m'empêche de continuer. Cela ne servira à rien pour le moment de discuter avec lui.

Je suis prêt à partir, mais je ne peux m'empêcher de le coller contre moi et de poser brusquement mes lèvres sur les siennes. Ce n'est pas un baiser tendre, j'ai juste besoin de lui faire comprendre que notre histoire n'est pas finie.

— Tu ne peux rien faire contre ce qu'il se passe entre nous. Un même désir nous anime et tu le ressens toi aussi.

Lorsque je le quitte, ses yeux sont écarquillés de surprise. Je le laisse là sans lui adresser une parole et retourne dans la maison. Maintenant, je dois voir Sophie.

Et dire que cette journée avait pourtant si bien commencé.

Je file vers sa chambre et frappe à sa porte. Lorsqu'elle ouvre, elle est au téléphone. Elle reste un moment la bouche ouverte en me voyant, étonnée de me voir.

— John? Je ... entre ... Je te rappelle plus tard, dit-elle à son interlocuteur et coupe la communication avant de ranger son téléphone dans la poche arrière de son pantalon.

— Je ne voulais pas te déranger, tu pouvais continuer ta communication.

— Je ... non, ce n'était rien d'important. Tu voulais me voir?

— Oui, c'est à propos de la soirée de demain soir...

— Oh, mon coquin, toi tu es pressé de savoir comment cela va se passer hein? Me susurre-t-elle en s'approchant de moi. Je vais nous concocter une petite soirée...

— Justement, non. Ma mère m'envoie à un séminaire à sa place et je pars cet après-midi. Je ne reviendrai que dans la nuit de vendredi à samedi.

Je la vois plisser des yeux.

— Ta mère ? Ben voyons ! C'est surtout qu'elle ne voulait pas que tu passes ta soirée avec moi. Elle nous met continuellement des bâtons dans les roues. Comment veux-tu que l'on apprenne à se connaitre si elle est toujours derrière toi ?

— Sophie, attention, c'est de ma mère dont tu parles !

— Oui, ça je le sais, merci ! Fait-elle en croisant les bras sur sa poitrine. J'ai l'impression d'avoir une gamine boudeuse devant moi.

— Écoute, nous irons samedi soir ensemble à la fête, cela sera aussi sympa non ?

— Oui, mais j'aurais aimé que l'on soit tous les deux…

— Une autre fois, d'accord. Pour le moment, je dois aller prévenir le labo de mon absence pour leur donner les consignes pour les deux prochains jours et demander à Éric de me remplacer pour la visite de cet après-midi. Alors, essaie de profiter de ces deux jours.

Je la vois dubitative et se mordiller la lèvre.

— Cela te dérange si je m'absente ? Si tu n'es pas là, je ne vais pas me sentir à l'aise ici. Je pourrais en profiter pour aller voir des amies et je reviendrai samedi matin.

— Fais comme tu veux, tu n'es pas en prison. Bon je file ! À samedi.

— Tu ne m'embrasses pas ?

J'accède à sa demande en l'embrassant sur la joue et me sauve. Je ne pense pas que c'est ce qu'elle espérait, mais pour moi, c'est largement suffisant.

Chapitre 12

EMILE

La fête bat déjà son plein quand nous arrivons au village.

Nous sommes venus à deux voitures. Éric, Caroline et moi avec les deux filles dans l'une et John et Sophie dans l'autre.

Au moins, une chose est sûre, ce soir, je ne suis pas obligé de regarder le rapprochement qui a lieu entre eux deux et ce, malgré tous les signes contradictoires qu'il me lance.

Depuis son retour ce matin, j'essaie un maximum de l'éviter ou de me retrouver seul avec lui. Je vois bien qu'il cherche à me parler suite à la discussion que nous avons eue cette semaine, mais je ne suis pas prêt à entendre ce qu'il a à me dire. Cette histoire avec Sophie au lendemain de notre nuit, me reste au travers de la gorge.

Ce qu'il s'est passé à la grange était déjà une erreur. Ce qui s'est passé la semaine dernière m'a vraiment perdu. J'ai vécu une nuit avec John complètement merveilleuse, sensuelle et… tellement sexuelle. J'ai aimé chaque caresse, chaque revendication de son corps, sa possessivité et sa douceur. Quand je me suis endormi dans ses bras avec cette impression d'être revendiqué, je ne savais plus quoi penser malgré que je sois tellement comblé. Ce réveil au petit matin a été la douche froide. Je ne préfère plus y penser. L'avantage, c'est que John a dû s'absenter quelques jours pour un séminaire, ce qui m'a permis de relativiser et de prendre du recul.

Je comprends pourquoi John fait ce choix, cette entreprise familiale ne peut pas aller entre les mains d'une personne aussi abjecte que ce Lacausse. Il doit absolument se marier sinon, il risque de perdre ce à quoi il tient le plus au monde. Et de mon côté, je vais faire mon possible pour l'aider au développement de « Richard et fils ».

Anaïs et Chloé s'en vont en courant rejoindre d'autres enfants. Je m'apprête à rappeler ma fille quand Caroline me retient.

— Ne t'inquiète pas Émile, les enfants se connaissent tous ici et les parents aussi. Tout le monde sait déjà qui tu es et que tu as une fille. Un nouvel arrivant au village est rare, donc le bruit se propage très vite, me fait-elle avec un sourire, et Chloé ne risque rien. Elle va s'amuser de son côté et faire connaissance avec ses nouveaux camarades de classe. Profite de ta soirée. Regarde là-bas, je crois qu'il y a quelqu'un qui te fait de grands signes.

Je tourne la tête vers l'endroit indiqué et découvre Olivier qui me fait signe de le rejoindre au bar.

— Tu connais le maître d'école ?

— Oui, nous avons fait connaissance lorsque je suis venu inscrire Chloé.

— Bien, va le rejoindre. Éric étant déjà parti rejoindre ses amis, moi, je vais retrouver les miens. Bonne soirée Émile ! Quant à Monsieur John… enfin bref, il fait ce qu'il veut.

Elle file vers une table où déjà trois femmes sont assises. Elles me dévisagent avec de grands sourires et Caroline leur fait une remarque et éclate de rire. Il va falloir que je lui demande au retour ce qu'il s'est dit, car j'ai l'impression, rien qu'à leurs regards, d'être une glace et qu'elles sont prêtes à me dévorer. Un frisson d'effroi me parcourt le dos et je me précipite vers l'instituteur.

— Bonsoir Olivier.

— Émile, je suis content de te voir, me dit-il en se levant et en me prenant dans ses bras.

Surpris, j'ai un mouvement de recul qui le fait trébucher et s'écraser un peu plus contre moi. Je ne peux que le serrer contre moi pour éviter que nous tombions tous les deux. Je le redresse pour le réinstaller sur son tabouret. Il se met à rigoler.

— Oupsss… excuse-moi, je crois que j'ai déjà bien commencé la soirée. Mais sache que j'ai apprécié le câlin, me dit-il avec un clin d'œil.

Oui, en effet, je crois qu'il a déjà bien picolé.

— Allez, on va te prendre un verre et après, je vais te présenter quelques amis. Que veux-tu boire ?

— Un whisky s'il te plait.

Le temps qu'il commande mon verre, je regarde autour de moi. L'ambiance est déjà festive. Un orchestre est en train de se préparer sur l'estrade installée sur la place du village et les gens commencent à se regrouper devant en attendant le début du concert. Je me retourne vers le bar pour voir où est Olivier et je croise les yeux ombrageux de John, Sophie collée à son bras toute pétillante projetant une image d'elle rayonnante, heureuse d'être vue à ses côtés.

Pourquoi me lance-t-il ce regard noir ? Je le vois se renfrogner encore plus lorsqu'Olivier arrive avec mon verre. Je ne sais plus sur quel pied danser avec lui, je me détourne, souhaitant l'oublier pour cette soirée et pouvoir en profiter.

— Viens Émile, je vais te présenter mes amis qui sont à la table là-bas et nous serons bien placés pour voir le spectacle.

— OK, je te suis.

Je commence à le suivre quand ma fille arrive en courant vers moi.

— Papa, Papa, c'est génial ! Je me fais plein de nouveaux amis et nous serons tous dans la même classe.

— Je suis tellement content pour toi ma puce. Tiens, je te présente ton futur instituteur, Monsieur Olivier.

— Bonsoir Monsieur Olivier, lui fait Chloé en lui tendant sa petite main.

— Bonsoir Chloé, eh bien, tu es bien polie, ton papa t'a bien élevée dis-moi !

Un sourire de fierté s'affiche sur mon visage. Oui, je suis fière de ma fille, cela n'a pas été facile tous les jours de l'élever seul, heureusement que j'avais ma mère à mes côtés dans les moments de détresse d'une petite fille.

Mais le résultat est formidable. Je la regarde avec amour et lui fais un grand sourire.

— Oui, c'est ma plus grande fierté.

— Papa, tu sais où est Monsieur John ? Faut que je lui dise aussi !

— Pourquoi tu veux lui dire ? Tu pourras lui en parler demain.

— Ben non ! Je veux lui dire maintenant… Ah, il est là-bas, à tout à l'heure Papa !

— Chloé, ne vas pas embêter…

Je n'ai pas fini ma phrase qu'elle file déjà vers John et Sophie. Je la vois appeler John qui se baisse à sa hauteur dès qu'elle s'approche de lui. Ils se parlent un petit moment et Chloé s'en va en courant vers ses nouveaux amis en lui faisant un bisou sur la joue. Dire que moi, je n'ai même pas eu droit à un bisou de ma fille. John se redresse et la regarde partir avec tendresse. Il s'entend tellement bien avec elle, elle veut lui faire partager tout ce qu'il se passe dans sa petite vie et lui, en retour, lui apprend plein de choses sur la vie à la campagne. Il se retourne vers moi et nos yeux s'accrochent, l'expression de son regard se transforme en quelque chose de beaucoup plus chaleureux.

Notre échange est coupé par Olivier qui se place entre nous deux.

— T'as l'air d'avoir une chouette fille. Allez, laisse-la s'amuser et viens avec moi.

— Je te suis.

Il me prend par les épaules et m'entraine avec lui. Je jette un dernier coup d'œil à John qui fixe durement Olivier. Il attrape une Sophie tout heureuse d'avoir un peu d'attention par la main et l'entraine vers le spectacle qui va bientôt commencer.

Je n'arrive pas à l'expliquer, mais je me sens déçu. Enfin, il faut que j'arrête de me faire des films. Sophie représente son avenir, c'est un fait. Je n'arrive pas à contrôler ce que je ressens. Il est vrai que cela fait un peu plus de huit ans que je n'ai pas eu de relation amoureuse. Mon histoire avec Nathalie m'a fait stopper beaucoup de choses, notamment mes relations avec les hommes. Dire que Chloé est née après une soirée comme celle-ci... je ne regrette rien, car elle représente tout pour moi, mais à l'époque, cela a cassé quelque chose en moi, une chose que j'ai voulu oublier pour prendre mes responsabilités. J'allais devenir père et je devais renier une partie de ma vie.

Partie qui revient en force maintenant, hélas, pas avec la personne qu'il faudrait.

Je reprends conscience du lieu où je suis lorsqu'Olivier me serre un peu plus fort les épaules pour me présenter les personnes qui sont attablées. Ses amis ont tous à peu près le même âge que moi et m'accueillent avec de grands sourires et des paroles de bienvenue.

— Alors Émile, voici mes potes… les potes voici Émile. Je vous laisse vous présenter hein… parce que moi, je crois qu'il faut que je m'asseye là, j'ai dû boire un peu trop, nous lance-t-il en joignant le geste à la parole et en rigolant bêtement.

Ses amis le huent et lui jettent des serviettes en papier. Je me marre en les regardant faire et m'assois à côté d'une jeune femme qui se charge des présentations. Elle se présente comme étant la petite amie d'Olivier. Quelque part cela me rassure, car je commençais sérieusement à me poser des questions sur ses manières de faire.

L'ambiance bon enfant me fait oublier mes soucis et je me laisse entrainer dans leur camaraderie et leurs blagues. Je passe une bonne soirée tout en jetant un œil de temps en temps vers Chloé pour voir si tout se passe bien. Je ne peux m'empêcher de poser mon regard vers John et le vois en pleine discussion avec un autre couple d'amis. Sophie à ses côtés, semble s'ennuyer et arbore un air renfrogné.

Le groupe de musique en place commence à jouer. On m'explique que ce sont des jeunes du village qui ont monté un groupe et qu'ils commencent à se faire connaître.

Les gens commencent à danser au rythme d'une musique entrainante. C'est vrai qu'ils jouent bien et je me laisse emporter par la mélodie. Toute la table se lève pour aller rejoindre les autres sur la piste.

Je rigole lorsque je vois Chloé et Anaïs juste devant la scène en train de trémousser leur popotin. Ma fille grandit vite et devient une jolie jeune fille. Huit ans et je ne prends l'ampleur de ce changement que maintenant. Ce n'est plus un bébé, il va falloir que je m'y fasse. Et dire que les problèmes d'une adolescente vont bientôt me tomber dessus… ma mère n'étant plus à mes côtés, il va falloir que j'endosse la casquette « Maman » pour lui expliquer les problèmes féminins et cela m'effraie un peu, mais j'ai encore le temps. Enfin, j'espère.

Non loin d'elles, je vois Sophie qui s'est mise à danser aussi essayant de faire remuer John qui regardait également les filles. Cela n'a pas l'air d'être son truc la danse et je le vois qui tente de se sauver discrètement.

C'est sans compter sur Sophie qui l'attrape et le force à rester.

Olivier devient de plus en plus tactile avec moi au fur et à mesure que la soirée avance. Cela me gêne un peu et fait marrer ses amis. Sa copine me dit qu'il est toujours comme ça, c'est pire quand il boit un peu trop et donc qu'il ne faut pas que je le prenne mal. Et là, il a vraiment trop bu et son côté « j'aime tout le monde » ressort réellement en ce moment. Pour un instituteur, il n'a pas peur pour sa réputation. Il faudra que j'interroge Caroline pour savoir ce qu'elle en pense vu que sa fille est dans sa classe depuis deux ans.

« Still Loving You » se fait entendre. Plusieurs couples se forment sur cette reprise et je m'éclipse pour laisser la place aux personnes désireuses de rapprochement physique. Je souris quand je vois Chloé et Anaïs s'enlacer en rigolant pour faire comme les autres. Je m'approche d'elles en me disant que je vais me joindre à leur danse quand Olivier me prend par surprise dans ses bras et me serre contre lui.

— Danse avec moi beau gosse ! Viens me faire un câlin !

— Olivier, qu'est-ce que tu fais ? Lâche-moi voyons, on va se faire remarquer !

— Mais naaaan, c'est la fête, on est là pour s'amuser !

Il enroule ses bras autour de mon cou et niche sa tête dans le creux de mon épaule.

— Mmm… tu sens bon beau gosse, tu es à croquer.

Je me retrouve coincé et je cherche du regard ses amis. Ceux-ci sont éparpillés par deux ou par trois en train de danser, de profiter de la soirée et rigolent lorsqu'ils me voient avec Olivier. Je leur articule un « À l'aide » mais personne ne fait le moindre pas vers nous. Il me fait doucement tourner et je ne peux que poser mes mains sur ses hanches pour essayer de me décoller un peu. Dans la manœuvre, je tombe sur un John qui a l'air de fulminer et une Sophie qui a l'air d'être heureuse dans ses bras. Elle donne l'impression de ne vouloir faire qu'un avec lui tant elle est collée contre son corps. Mais sa colère ne semble pas être dirigée contre elle, c'est plutôt Olivier et moi qui sommes visés. Ses yeux se fixent dans les miens et le désarroi que j'y lis est synonyme de jalousie et de possession. Je n'y comprends plus rien, il joue avec le chaud et le froid comme si tout était normal.

Tout en continuant à me regarder, il soulève le menton de Sophie et pose sa bouche sur la sienne, ouvre ses lèvres pour entamer un baiser qui devient de plus en plus torride aux yeux de tous. Il la laisse mener la danse, ses yeux toujours braqués sur moi.

Je ne sais plus quoi ressentir, une douleur m'étreint à l'intérieur, ce que je vois me fais terriblement mal et je prends conscience d'une chose que je ne voulais pas éprouver : je suis tombé amoureux.

Je m'éloigne de cette fête bien que je passe un bon moment avec Olivier et ses amis. Il faut que je prenne du recul par rapport à mes sentiments, par rapport à John. Je devais me douter qu'un jour ou l'autre, je risquais d'assister à ce genre de démonstration. Mais pourquoi faut-il qu'il me regarde quand il embrasse Sophie à pleine bouche, quand celle-ci se colle à lui comme une moule sur son rocher ?

Pourquoi me provoque-t-il ? Pourquoi me laisse-t-il croire que je peux être important pour lui dans ses gestes, ses regards ? Peut-être parce que nous avons passé déjà des moments agréables ensemble, qu'il m'a laissé espérer avoir plus.

Nous pourrions vivre quelque chose de sympa s'il n'y avait pas eu ce foutu testament. Notre rencontre… notre attirance l'un pour l'autre est quelque chose contre laquelle nous ne pouvons échapper. Elle est là, indéniablement. Malgré tout ce qu'il se passe, à essayer de l'éviter pour que John puisse vivre sa vie, pour qu'il puisse effectuer son rêve, devenu le mien par la force des choses et en si peu de temps. À chaque fois que nos yeux se croisent, la flamme entre nous s'éveille, grandit pour devenir un brasier.

Nous sommes attirés l'un par l'autre seulement, nous devons nous éloigner. Notre vie en collaboration va devenir compliquée, mais je tiendrais, pour lui, pour ma fille qui l'adore. Ça c'était la surprise. Il s'est entiché de ma fille, l'entente entre les deux est telle que souvent je les croise ensemble se tenant par la main. Il lui explique toutes ses connaissances sur le domaine et elle, elle l'écoute avec attention. Si les choses pouvaient évoluer entre nous, je pense que Chloé en serait heureuse et n'apporterait pas d'à priori.

Je devrais partir, trouver un autre appartement, c'est un fait. Vivre au manoir, en face de sa chambre va devenir délicat. Le voir avec Sophie devient difficilement supportable. Ma fille va en souffrir, mais je ne peux pas continuer comme ça. Je l'aimerai, continuerai à l'aimer, mais je ne peux plus vivre vingt-quatre heures sur vingt-quatre à ses côtés. Je sais que je dois m'éloigner, mais vais-je pouvoir le faire au risque de rendre Chloé malheureuse ?

Ce sentiment m'est tombé dessus sans que je m'en aperçoive et je viens tout juste de le comprendre là, à l'instant où je l'ai vu avec elle. Une douleur m'a traversé le cœur me faisant comprendre ce que je ressentais c'était plus, beaucoup plus que ce que je ne voulais le croire.

Chapitre 13

JOHN

« Mais quel con ! »

Pourquoi a-t-il fallu que j'embrasse Sophie ? Et surtout devant Émile. Parce que sur le moment, je voulais le rendre jaloux comme lui le faisait avec ce petit instituteur à la noix.

Déjà, le fait de ne pas pouvoir lui parler dans la journée m'avait énervé mais de le voir rire tranquillement avec cet Olivier m'a profondément blessé. Qu'est-ce qu'il a de plus que moi ce gars ?

Je suis allé dans mon labo de bonne heure ce matin pour essayer de penser à autre chose, mais je n'y arrive pas. Putain, ce n'est pas vrai, c'est le deuxième tube que je casse en une heure. Cela ne sert à rien. Je me mets sur l'ordinateur pour voir le rapport de mes deux collègues sur les avancées de notre nouveau produit, les résultats sont bons et nous allons pouvoir le mettre en production plus rapidement que prévu. Au moins, quelque chose qui fonctionne dans ma vie.

La journée d'hier me revient de nouveau en tête. Quand je suis rentré le matin, je n'avais qu'une idée, retrouver Émile et finir la discussion de l'autre jour. Je voulais absolument lui expliquer mon comportement, pour lui faire comprendre qu'il était important pour moi, que j'avais besoin de lui à mes côtés et que Sophie n'était rien. Impossible de l'approcher, comme s'il faisait tout pour m'éviter.

Sophie est rentrée en milieu de matinée et s'est jetée dans mes bras dès qu'elle m'a vu. Bien sûr, Émile n'était pas loin avec Chloé. Après nous avoir salués d'un signe de tête, il a fait monter sa fille dans sa voiture, il s'est mis au volant et est parti. J'ai juste eu le temps de répondre aux grands signes de Chloé à travers la vitre. Je n'ai même pas eu l'occasion de lui faire un bisou.

J'écoutais ma prétendante me raconter ses deux jours avec ses copines d'une oreille distraite. Je n'en avais strictement rien à foutre de ses séances shopping et de son défilé qu'elle veut absolument me faire dans l'intimité. J'avais toujours à l'esprit les paroles d'Émile me disant d'être plus présent, de faire des choses avec elle pour lui montrer que je m'intéressais à sa personne. Je m'exécutais, car j'avais vraiment besoin d'elle, mais franchement, j'étais ailleurs. J'avais prétexté d'avoir du travail important à terminer dans l'après-midi pour m'éloigner. Elle m'a juste dit que c'était parfait, car elle allait avoir le temps se faire belle pour moi, pour notre sortie. Génial !

Au moment de partir, je me suis de nouveau retrouvé coincé avec Sophie. Émile, Éric, Caroline et les deux filles se sont entassés dans une voiture et nous nous sommes retrouvés tous les deux dans la mienne.

J'ai très bien compris qu'Émile m'évitait, mais au point d'entrainer tout le monde dans son sillage… j'aurais pu au moins prendre les deux filles avec moi. Le babillage de Chloé me manque et je ne me le cache plus, il me manque.

Je pensais vraiment arriver à lui parler lors de cette foutue fête, mais j'ai rapidement vu rouge lorsque je l'ai vu avec l'instituteur. Plus je le voyais avec lui et plus je voulais lui montrer que moi aussi, je pouvais lui faire mal. Je me sentais dégouté par son comportement. Je le voyais s'amuser, rire et moi, je me retrouvais comme un con avec une femme qui ne m'intéresse pas. Le slow a été l'occasion rêvée pour le rendre jaloux. Lorsque je l'ai vu danser avec cet Olivier, j'ai attendu qu'il se tourne vers moi pour embrasser Sophie. Je le voyais se décomposer et moi, je continuais à le regarder avec insistance pour lui faire comprendre que je pouvais jouer au même jeu que lui. Quand j'ai vu la petite lueur de jovialité dans ses beaux yeux bleus s'éteindre et son visage se figer, j'ai compris que je faisais une connerie, mais il était trop tard, le mal était fait.

Mais putain, quel con! Ma jalousie m'a fait faire n'importe quoi. Je ne peux pas l'empêcher de vivre sa vie. Il a le droit de s'amuser et vu sa tête, je me suis trompé sur toute la ligne sur cette soirée.

Je n'ai pas dormi de la nuit. Pas parce que je l'ai passée avec Sophie, je l'ai laissée dès que nous sommes rentrés en prétextant un mal de tête dû à la musique. Elle a tiré la tronche et est partie dans sa chambre en ronchonnant. Franchement, rien que d'imaginer passer la nuit avec elle me rendait vraiment malade.

Il faut absolument que je parle à Émile aujourd'hui. J'ai besoin de lui dans ma vie, j'ai ce mec dans la peau. Pourquoi je fais toujours tout de travers quand cela le concerne!

Je me lève du bureau, je ne ferai rien de bon aujourd'hui de toute façon. Je m'étire, me frotte les cheveux et jette un œil par la fenêtre. Je vois au loin Émile courir à travers champ. Il a tout l'air de quelqu'un qui part faire un footing... ou qui essaie de m'éviter. C'est l'occasion rêvée. Je sors rapidement du labo et me précipite à sa suite.

«Tu ne m'échapperas pas cette fois-ci, cette discussion, nous allons l'avoir».

Je m'arrête un instant pour voir où il est parti. Je le vois entrer sous les sous-bois qui longent la rivière. Bien, personne ne nous verra et nous serons tranquilles.

— Em !

Je l'interpelle, il n'a pas l'air de m'entendre. Je me mets à courir alors qu'il disparait derrière les arbres.

— Émile !

Je le vois se figer. Ses poings se referment. Il se retourne, son visage est sans expression.

— Patron ?

J'ai l'impression de me prendre une gifle au travers de la figure.

— Arrête Em, ne fais pas ça, s'il te plait !

— Faire quoi ?

— De te comporter comme s'il n'y avait rien eu entre nous !

La contrariété se lit sur son visage. Il me regarde droit dans les yeux.

— Qu'il y a-t-il eu exactement ? Une histoire de cul ? C'est ce que j'ai cru comprendre à la suite de ton spectacle de hier soir. Ça va, ta nuit a été bonne ? ricane-t-il.

— Merde Em… je n'ai rien fait avec elle… je…

— Tu me prends vraiment pour un con ou quoi ? Me répond-il du tac au tac.

Je le vois se mettre en colère, ses yeux sont devenus d'un bleu foncé. Il en bafouille presque. Il se dirige vers moi et plante son doigt dans mon torse, il continue de me piquer par à-coup en me lançant ce qu'il a sur le cœur.

— Ce que tout le monde a vu hier soir, ce n'était rien… c'est… c'est à peine si elle ne te bouffait pas les amygdales. Et … Et toi cette semaine, tu me dis qu'il faut que l'on discute… que ce n'était pas fini… j'ai voulu y croire. Mais encore une fois, je me suis trompé sur toute la ligne. Tu me prends pour qui ? Tu couches avec moi… tu vas voir Sophie tout sourire, tu lui susurres des mots doux. Tu reviens vers moi en me disant que nous deux ce n'est pas fini, qu'elle n'est rien et hier soir… tu… vous… et puis merde John. Fous-moi la paix !

Je le regarde bouche bée. Il n'a rien compris, je tiens à lui. Je réalise soudainement ce qu'il se passe. Il est jaloux. Putain, il est jaloux ! C'est qu'il doit tenir à moi un petit peu non ? Un sourire apparait sur mon visage sous cette évidence.

— Tu te moques de moi maintenant !

— Je... non ! Je suis là pour une chose. Je voulais m'excuser de mon comportement hier soir. Mais... te voir avec cet instituteur m'a rendu... fou. Et j'ai mal agi envers toi. Je n'aurais jamais dû embrasser Sophie devant toi.

— Tu n'aurais pas dû embrasser Sophie devant moi ? Tu te rends comptes de ce que tu dis. Que si je n'avais pas été là, cela ne t'aurait pas gêné. Tu n'as vraiment aucune empathie !

C'est ce qu'il pense de moi ? Pourquoi je n'arrive pas à exprimer ce que je ressens pour lui ?

— Em, je suis désolé, je te le promets. Te voir avec lui ne m'a pas plu du tout. J'ai agi comme un imbécile, mais vous étiez tous les deux serrés l'un contre l'autre, il t'avait dans ses bras et moi j'assistais à ça de loin et...

Émile me regarde, une lueur d'incompréhension apparaît dans ses yeux.

— Ce que tu cherches à me dire, c'est que tu as embrassé Sophie parce que tu étais jaloux ? John, Olivier était bourré, il faisait des câlins à tout le monde et moi en particulier, car j'étais seul alors que tous les autres étaient en couple. Olivier est juste un ami !

— Je suis désolé Em, je n'ai pas vu ça comme ça… tu me pardonnes ?

Je me rapproche lentement de lui. Il m'observe, il n'a pas bougé de place depuis tout à l'heure.

— John, je ne sais plus quoi penser avec toi.

— Pense à moi tout simplement.

— Non, je… cela fait trop mal. Ce qui s'est passé entre nous ne se reproduira plus jamais.

Je me retrouve en face de lui, je le surplombe et il est obligé de relever la tête pour me parler. Je vois une légère chair de poule apparaître sur sa peau. Tout n'est pas fini, loin de là. Je baisse la tête et souffle contre ses lèvres.

— Je ne crois pas non.

Et je l'embrasse.

Je prends son visage entre mes mains Je veux que ce baiser lui fasse comprendre qu'il est important pour moi. Je le caresse lentement de mes lèvres, lui laissant le choix de s'ouvrir à moi. Je le butine, l'attisant de ma langue. Je le sens frémir contre moi.

— Ne fais pas ça s'il te plait, me murmure-t-il

— Je ne peux pas, j'ai besoin de toi…

— Je serai toujours là, mais ton domaine passe avant tout, me dit-il en posant son front contre le mien. Je ne veux pas être une option, je tiens à toi plus que tu ne peux le penser, mais tu dois récupérer ce qui te revient de droit. Tu dois te marier avec Sophie… et ne plus penser que toi et moi…

Je repose ma bouche sur la sienne, me faisant plus insistant et surtout pour le faire taire. Je comprends ce qu'il veut dire, mais je ne veux pas le perdre. Si je n'arrive pas à me faire comprendre avec des mots, je vais essayer de le persuader avec mes gestes. Je me colle à lui, l'attirant plus à moi, je tiens toujours sa tête glissant mes doigts dans ses cheveux. Je force de ma langue le barrage de ses lèvres. Je le sens faiblir, ses mains s'accrochent à mes hanches et sa bouche s'entrouvre. Je m'y glisse et enveloppe son organe charnu d'une caresse langoureuse. Opération réussie, ses doigts se crispent sur mes fesses et me pressent contre son bassin. Je recule, ne le lâche pas bien au contraire, je le coince entre un tronc d'arbre et mon corps.

Maintenant qu'il ne peut plus partir, je peux le savourer. Je glisse ma main sous son tee-shirt et la remonte lentement le long de son torse en suivant le tracé de ses muscles. Je le sens frissonner et un gémissement sort de sa gorge lorsque je taquine son téton déjà dur. J'avale son soupir avec délectation et approfondis mon baiser. Je lui suce la langue comme je pourrais sucer sa queue. Le frottement de son bassin contre le mien me prouve qu'il en veut plus. Je m'empresse de lui retirer son haut, le mien suit de près, je veux sentir sa peau contre la mienne. Je descends ma tête dans son cou pour en goûter la saveur. Je joue de ma langue et de mes dents, il penche la tête sur le côté me laissant un accès plus ample sur la douceur de son épiderme. Je sais qu'il apprécie grandement que l'on s'occupe de cette partie tendre de sa gorge. Mes mains ne sont pas en reste, je glisse mes doigts dans son short pour entourer sa queue déjà bien dure. Il déboutonne rapidement mon jeans et fait de même avec la mienne. Nos hampes se frottent l'une contre l'autre nous électrisant d'un sentiment d'urgence, d'un besoin à assouvir.

Je pose mon front contre le sien, nos yeux se fixent, un brasier les anime, nos souffles deviennent haletants lorsque j'enserre de ma paume nos verges tendues de désir.

— John… arrête… tu…

Je l'embrasse de nouveau, je n'ai pas envie de l'entendre protester. Je veux juste profiter du moment. Nous parlerons, après.

Je glisse ma main dans son dos, vers ses fesses, la fais disparaitre dans son short et lui attrape durement son cul bien ferme. Il a le don de me mettre des idées salaces dans la tête. Et de le voir là dans mes bras, contre ce tronc, dans ces bois me donne envie de le prendre d'une façon pas très convenable, d'une façon limite brutale afin de lui faire comprendre qu'il est à moi, de le revendiquer, de le marquer. Je veux qu'il ne pense plus qu'à nous et à rien d'autre. Tout en continuant à lui lécher le cou, je glisse deux doigts dans sa bouche. Je relève la tête pour le regarder faire. Putain qu'il est sexy avec ses lunettes, ses yeux sont plissés de désir et la lueur qu'il me renvoie me fait comprendre qu'il accepte ce que je compte lui faire. Il suce avidement mes doigts, sa langue joue avec, les faisant luire de sa salive. Je n'en peux plus, j'ai besoin de le prendre maintenant. Je les retire et les dirige immédiatement vers son orifice. J'y insère rapidement une phalange, malmenant cet endroit étroit et chaud. Ses mains se crispent sur mes hanches et il émet un halètement de surprise et de contentement. Il se frotte à moi recherchant une friction que je ne compte pas lui donner tout de suite. Le grognement qu'il lâche me fait légèrement sourire. Sous son air de père de bonne famille, mon homme est chaud, il aime ça et je compte bien le satisfaire comme il se doit. J'insère un deuxième doigt dans son antre et commence un mouvement de va-et-vient caressant au passage sa prostate. Ses yeux se révulsent sous la sensation, il s'accroche à mes fesses, ses jambes ne le tenant plus. Moi non plus, je ne tiens plus. Je le retourne brusquement, ses mains s'agrippent au tronc d'arbre pour se retenir. Il se retrouve dans la position désirée. Il me jette un petit regard par-dessus son épaule et remue des fesses pour faire descendre son short et son boxer plus bas sur ses jambes. La vision qu'il m'offre me galvanise, je lui donne une claque sur son derrière avant de me coller à lui. Sa bouche s'ouvre sous la surprise puis il se mord la lèvre. Ses hanches remuent contre ma queue qui glisse entre ses deux globes. Je pose mon front contre son épaule en gémissant. Je le regarde bouger autour de mon sexe. Il m'attise, me cherche. Nos corps s'échauffent. Je lèche les gouttes de sueur qui coulent le long de son dos. Je m'imprègne de son essence, mes mains caressent son torse puis descendent pour frôler sa hampe sans la toucher. Je le sens se frustrer de ne pas être soulagé. Bientôt, bébé. Son cul sexy s'agite de plus en plus vite autour de moi. Je n'en peux plus. Je m'enroule autour de lui et d'un grand coup de rein le pénètre. Son corps se fige sous mon invasion brutale, ses yeux se crispent et sa tête retombe sur mon épaule. Je le serre contre moi, le caresse tendrement comme pour m'excuser et commence à le branler doucement.

— Je suis enfin en toi Em… tu me sens ? J'y suis bien… Tu m'as tellement excité avec ton petit cul… dis-moi quand je pourrai bouger.

Je le sens se décrisper sous mes caresses. Je tente un petit mouvement de hanche. Sa respiration change, je continue petit à petit mes mouvements, me frottant contre lui. Mon torse est collé contre son dos, je le serre entre mes bras et le sens se détendre peu à peu. Je lui murmure à l'oreille des excuses, lui disant que je ne peux pas faire autrement, qu'il m'excite trop, que j'ai besoin d'aller plus vite, plus fort. Je parsème sa peau de baisers. Mes mains sont partout sur lui, ne lui laissant que peu de répit.

Un « oui » sort enfin de sa bouche. Je lui donne un coup de rein plus intense qui me bloque bien au fond de lui.

— Tu en veux plus bébé, c'est ça… dis-le moi, s'il te plait, je n'en peux plus…

— Oui… Oui… prends-moi… fais-moi tien…

Il tend son cul vers moi dans un geste d'offrande.

Nous sommes toujours debout, moi en lui et son geste m'électrise. Je commence peu à peu à bouger. Une fine couche de sueur rend nos corps luisants, cette aura que je ressens m'est précieuse et me rend euphorique. Je le tiens fermement d'un bras et de ma main, j'enveloppe son sexe. Je veux que notre plaisir soit réciproque, que nous touchions cette sphère de jouissance ensemble. Le gémissement que j'entends me prouve que nous sommes sur le bon chemin.

Mes mouvements deviennent plus rapides, plus désordonnés, mes hanches frappent les siennes, ma main le branle rapidement désormais. Ses jambes flanchent nous entrainant à genoux. Je ne peux plus tenir, je sens Émile frémir de tout son corps et dans un cri, lâche sa semence entre mes doigts. Son orifice se resserre autour de moi, cette pression bienvenue me libère enfin et je me déverse dans son antre accueillant.

Nos respirations ne sont plus que halètements et nos cœurs tambourinements dans nos corps. Je le serre plus contre moi et lui fais tourner la tête pour l'embrasser langoureusement.

Je me retire et m'allonge au sol, l'entrainant avec moi. Nous restons silencieux dans les bras l'un de l'autre. Je caresse doucement son dos du bout des doigts appréciant les derniers frémissements qui le parcourent.

Je constate évidemment que mon présent sera mon futur. Émile est celui qui a su m'apporter une jouissance des plus incroyables, une osmose unique, un épanouissement le plus total. Je ressens en moi une étrange sensation de vie.

Nos respirations reprennent peu à peu un rythme plus lent. Je remonte le menton d'Émile vers moi et lui dépose de longs et doux baisers sur ses lèvres.

Ce moment est précieux et je le ressens comme tel.

Tendrement blotti dans mes bras, il me pose une question.

— John, que vas-tu faire maintenant?

— Ce que je vais faire? Em, j'ai besoin de toi… tu connais la problématique actuelle, j'ai besoin de Sophie aussi et…

Je le sens se raidir contre moi.

Il m'embrasse durement, me mord presque la lèvre. Ce baiser me donne le goût amer de dernière fois.

Non, ça, je ne le veux pas! Indéniablement, il m'appartient tout comme le domaine m'appartient.

Ce que nous venons de faire le prouve. Je n'ai envie de perdre ni l'un ni l'autre. Je ne peux pas faire de choix, cela m'est impossible, j'ai besoin des deux dans ma vie.

Je réalise ce que je viens de dire, putain, je n'ai pas réfléchi. J'ai parlé de Sophie au lieu de le mettre en avant, lui avant toute chose. Je connais ses sentiments par rapport à cette situation et moi, bêtement, je me suis laissé emporter par mon désir de posséder les deux.

Il se recule, me repousse presque et se rhabille. Il va pour partir, mais s'arrête, le dos tourné. Cet arrêt brutal me confirme qu'il est essentiel de prendre une décision. Je n'y arrive pas. J'ai besoin de ces deux êtres, une par intérêt et l'autre par désir.

— C'était la dernière fois, John. Ce domaine, c'est ta vie. Je resterai pour t'aider, mais nous… non, il n'y a plus de nous, me dit-il en tournant la tête vers moi. Tu vas te marier avec Sophie et accéder à ce que tu désires le plus. Je ne serai pas une roue de secours ou une option, je ne serai jamais un deuxième choix. Tu dois faire ce qu'il faut pour obtenir ce que tu souhaites… tu y es presque. Je ne te laisserai pas tout gâcher pour une histoire de cul. Mon boulot me plaît, Chloé adore être ici et j'aime ce domaine… grâce à toi. Je vais donc rester et je vais tout faire pour le développer avec toi… mais de ton côté, il faut que tu continues à ne pas baisser les bras ni à laisser

Lacausse gagner. Sur ce, patron, je vais retrouver ma fille.

Sur un dernier regard indéchiffrable, il part sans se retourner.

Je le vois s'éloigner et j'en deviens fou.

Putain… mon cœur saigne, j'ai mal comme jamais. Je réalise que je suis en train de perdre ce qu'il y a de plus important pour moi. Le domaine, je ne le vois qu'avec lui à mes côtés. Sans lui, dans ma vie, dans mon cœur, je ne vaux plus rien. À ce moment précis, mon cœur s'emballe… Je suis amoureux de lui, oui… je peux le dire haut et fort, je l'aime.

Les larmes brouillent ma vue. Je tombe à genoux en le regardant s'éloigner. Le couperet est tombé. Je me sens amputé d'une partie de moi. Comment vais-je lui dire maintenant que je l'aime sans qu'il pense que je le manipule pour le garder à mes côtés ?

Chapitre 14

JOHN

Si j'avais réalisé plus tôt ce que je ressentais pour Émile, je ne me serais pas lancé dans cette utopie d'avenir que je me suis fixé avec Sophie.

Comment ai-je pu penser faire ma vie avec lui en tant que… sex-friends ? J'assimile que je me suis fourvoyé depuis le début, depuis notre rencontre, depuis son arrivée.

Ce sentiment a commencé à me piquer lorsque je l'ai percuté et réceptionné dans mes bras. J'aurais déjà dû faire plus attention aux sensations ressenties. Je m'étais bien aperçu qu'il ne m'était pas indifférent, qu'il titillait mes sens, mais de là à comprendre que je l'aimais…

c'était encore trop tôt, mais aujourd'hui, il est trop tard. Je l'ai laissé m'échapper.

Quand j'ai voulu le rattraper tout à l'heure, Caroline m'a dit qu'il était parti avec les deux filles pour la journée au zoo, que cela avait été fait dans la précipitation, mais les gamines étaient tellement heureuses de cette balade qu'elle n'a rien dit. J'ai dû rester un sacré moment seul dans le bois après son départ à faire le point sur ce qui m'arrivait.

Émile est tout ce que je recherche chez un homme. Je ne me souviens même pas la dernière fois que j'ai ressenti ça, même si cela était déjà arrivé. Il est à sa place avec moi, au bureau, dans mon lit et dans ma vie. Je me sens complètement perdu face aux sentiments qui me tombent dessus.

Je suis assis sur la terrasse et je regarde le paysage devant moi, ce pourquoi je me suis battu jusqu'à présent. Suis-je prêt à tout laisser tomber pour Émile ? Le domaine représente tout à mes yeux, mais mon cœur me fait faux bond sur ce coup-là. Et le domaine sans la personne que j'aime à mes côtés n'a plus le même goût qu'au début, je ne sais plus du tout quel est mon but.

Je suis complètement perdu et personne avec qui en parler.

J'entends du bruit à l'intérieur. Je me retourne et je vois Al venir me rejoindre sur la terrasse avec un grand sourire. Comme dans le temps, mon meilleur pote arrive toujours au bon moment.

— Salut John. Je viens de croiser ta mère qui vient de me traiter de chenapan, car j'ai fait un petit dérapage sur le gravier avec la moto. Elle n'a pas changé, cela fait plaisir à voir, dit-il en rigolant.

Sacré Al, il a toujours aimé faire râler ma mère.

— Salut Al.

Il s'arrête devant moi et me prend par les épaules en me fixant.

— Bon, apparemment, toi ça ne va pas. J'ai bien fait de venir aujourd'hui, j'ai dû le sentir. Je vais aller chercher deux bières et tu vas me raconter tout ça comme au bon vieux temps. Bouge pas, j'arrive.

Il repart rapidement et j'en profite pour aller m'asseoir au salon de jardin. Al a toujours été un confident bien que je ne lui aie jamais dit que j'aimais les hommes, nous avons toujours été là l'un pour l'autre lors de notre période. Par nos occupations, nous nous sommes éloignés, mais je suis content de retrouver mon vieux pote, il a toujours été de bon conseil. Peut-être que cela sera encore le cas cette fois-ci.

Je souffle un bon coup et Al revient avec nos deux boissons. Il s'installe à mes côtés et porte la bouteille à ses lèvres tout en m'observant.

— La dernière fois que l'on s'est vu, cela avait l'air plutôt d'aller. Des soucis avec Émile ?

Étonné par sa question, j'avale de travers la gorgée que j'étais en train de boire.

— Que… que veux-tu dire ?

— Vous allez l'air plutôt de bien vous entendre tous les deux…

— Oui, mais…

— Vous vous êtes engueulés ?

— Al, je ne vois pas…

— Arrête John, pas à moi s'il te plait, je te connais depuis trop longtemps.

Je reste figé un moment tout en l'observant. Son petit sourire en coin me laisse présager qu'il en sait plus que je ne le pensais. Il se penche vers moi et me parle à voix basse.

— Nous avons fait assez de sorties ensemble pour m'apercevoir que les filles ne t'attiraient pas. J'ai toujours attendu que tu m'en parles… j'attends toujours d'ailleurs, mais apparemment, tu n'es pas encore sorti du placard ?

Je suis incapable de lui répondre. Je hoche la tête. Il sourit et secoue la tête.

— Ah John… cela ne changera rien entre nous, tu es et resteras mon meilleur pote qui que tu sois, celui avec qui j'ai pris ma première biture, chopé ma première nana, mon premier vol de bonbons chez le vieux Jo… je te connais par cœur malgré notre éloignement et ton comportement avec Émile l'autre soir n'a fait que confirmer ma façon de penser: tu n'es qu'un idiot, assume et avance! Ne cours pas après le bonheur, John, attrape-le là où il est! Après, il sera sûrement trop tard. Alors Émile?

Je baisse la tête et joue avec ma bouteille. Lorsque je relève les yeux, Al attend patiemment ma réponse. Je sais que je peux compter sur lui, il est comme un frère pour moi.

— J'ai joué au con, lancé-je.

— Pourquoi je ne suis même pas étonné, fait-il en s'installant confortablement dans son siège. Vas-y balance!

Je lui raconte tout: mes relations avec mon père qui se sont détériorées à mon retour, son décès, le testament, les clauses pour récupérer le domaine, Lacausse, ma décision pour le mariage, l'arrivée d'Émile et de Sophie, ce qui s'est passé avec Émile à la grange, le soir où nous sommes passés dans son bar, le bal, la rupture, la décision d'Émile, mes sentiments, mes joies et mes peines. Tout y passe. Je déverse tout ce que j'ai sur le cœur. Pouvoir enfin parler me fait du bien et je sens comme un poids en moins sur le cœur.

Al est resté assis à mes côtés sans rien dire. Il m'a écouté jusqu'au bout. Il se redresse et pose sa main sur mon épaule. Il la serre gentiment pour me montrer qu'il est avec moi et que rien ne changera. Son geste me rassure, perdre Al m'aurait anéanti.

— Eh bien, il s'en est passé des choses, dis-moi. Ton père t'en a vraiment voulu de faire évoluer la boîte et pourtant, le résultat est là. Tu es sûr qu'il n'était pas au courant pour toi ?

— Je ne pense pas… en tout cas, il ne m'en a jamais rien dit.

— Il était tellement fier de toi au moment où tu es parti faire tes études, je ne comprends pas ce qui a pu lui traverser la tête… et méfie-toi de Nathan Lacausse. J'ai eu l'occasion de le rencontrer… j'ai fréquenté sa fille, me dit-il avec un grand sourire. Une très belle femme, par contre, son père avait la main mise sur elle. Il lui mettait une pression de dingue sur le dos. Cet homme est avide de pouvoir et n'hésite pas écraser les personnes pour obtenir ce qu'il veut. Si Sophia et moi nous nous sommes séparés, c'est à cause de lui. Elle voulait tellement lui plaire qu'elle faisait tout ce qu'il demandait et cela a tout foutu en l'air entre nous. Dommage, je l'aimais bien…

— Désolé pour toi Al, pour une fois qu'une fille s'intéressait à toi, le taquiné-je.

— P'tit con! Lance-t-il en en me donnant un coup à l'épaule. C'était de m'en débarrasser qui me posait le plus de problème si tu t'en souviens bien, de vraies sangsues. J'étais tellement un bon coup qu'elles ne voulaient pas me laisser partir… et toi qui ne voulais pas m'aider! Tu aurais pu au moins faire semblant! Rigole-t-il. Mais Sophia avait ce petit quelque chose qui a retenu mon attention… enfin bref, c'est du passé maintenant.

Il porte la bouteille à ses lèvres, les yeux dans le vague. Il a dû vraiment tenir à cette fille pour qu'elle le laisse dans cet état. Le Al que je connaissais changeait de nana comme de chemise. Il prend une grande respiration et se redresse en se retournant vers moi.

— Et toi, tu veux toujours te marier?

— Concernant Sophie, je ne sais plus du tout où j'en suis. Je veux toujours récupérer le domaine… maintenant, cela passe au deuxième plan. Émile occupe toutes mes pensées depuis que j'ai compris que je l'avais dans la peau. Il a fallu qu'il m'envoie balader pour le comprendre, cela en devient pathétique.

— Tu crois que tout est perdu avec Émile ?

— Il va rester pour l'entreprise et pour sa fille. Il m'a bien fait comprendre qu'il ne serait pas un pion dans ma vie sexuelle, comme si c'était le cas ! Il veut que je poursuive mon rêve, je suis tellement près du but… mais tellement loin de l'atteindre… Putain, je ne sais plus du tout quoi faire !

Je suis tellement énervé contre moi, je tape fortement du poing sur la table basse renversant la bouteille qui se brise en tombant au sol.

— Putain, tout est contre moi en ce moment. Je ne suis qu'un con ! Je ne sais même plus où j'en suis !

Al se lève et se dirige vers la fenêtre de la cuisine.

— Calme-toi mec ! Cela ne sert à rien de t'énerver. On va trouver une solution. Pour le moment, ramasse ce que tu as fait tomber, je vais aller chercher de quoi essuyer les dégâts.

Il rentre à l'intérieur tandis que je me penche pour ramasser les morceaux de verre. Je marmonne tout en faisant attention de ne pas me couper. Il ne manquerait plus que ça.

— John ? John chéri ? Que fais-tu ? Tu te caches ?

Et voilà Sophie qui entre en jeu. Je ne l'ai même pas entendue venir. Je n'ai vraiment pas de chance aujourd'hui.

—Non, je ramasse ce que j'ai fait tomber, bougonné-je en posant sur la table ce que je viens de ramasser.

Je me rassois dans mon siège et Sophie en profite pour passer derrière moi et entourer mon cou de ses bras.

— Oh toi, tu as l'air grognon… Tu veux que je te fasse un massage pour te détendre, me dit-elle en m'embrassant sur la joue et en descendant une main le long de mon torse.

Je l'arrête au moment où elle pose sa main sur mon entrejambe. Cette partie de moi appartient à Émile et à personne d'autre. Dans mon élan perturbé, je fais le contraire de ce que je voulais faire et j'appuie plus sa paume sur ma queue. Elle en profite pour resserrer ses doigts autour. Je n'ose plus bouger de peur qu'elle me fasse mal en tirant dessus. Quand je disais que ce n'était pas mon jour…

Je l'entends rigoler doucement dans mon oreille.

— C'est la première fois que je te sens aussi pressé mon chéri.

Tout en commençant à masser mon sexe de sa paume, elle glisse sa langue dans mon oreille. Un frisson de dégoût me traverse, je fais un bond et me redresse rapidement pour m'écarter d'elle. Elle reste interloquée devant mon comportement. Elle doit vraiment me prendre pour un dingue.

— Excuse-moi Sophie, mais on ne peut pas faire ça maintenant, j'ai un ami présent dans la maison et il ne va pas tarder à revenir. Je vais te le présenter d'ailleurs, c'est mon meilleur pote...

Quelle excuse à la con, mais elle a l'air de l'accepter. Après avoir eu une grimace de dépit, elle s'approche encore de moi et entoure ses bras autour de ma taille.

— J'ai cru encore que tu me repoussais. Je sais que tu ne m'aimes pas, mais si tu veux vraiment récupérer ta maison, il va falloir que tu fasses un peu plus d'efforts... je peux encore partir, tu sais...

Sa demie menace ne me fait ni chaud ni froid. Il y a deux jours, j'aurais sûrement réagi différemment, mais depuis ce matin, j'ai une autre perception des choses.

— Que veux-tu dire ? Lui demandé-le sur un ton désinvolte.

— Simplement que tu m'as fait venir ici parce que tu avais besoin d'une femme, me dit-elle en s'éloignant de moi. Elle se retourne et croise les bras sur sa poitrine. Je suis prête à jouer le jeu… pour toi, mais je veux également y trouver mon compte. Cela serait intéressant pour moi si je pouvais être impliquée un peu plus dans ta vie… ou dans ta société…

Je plisse les yeux en attendant de voir où elle veut en venir.

— C'est-à-dire ?

— C'est-à-dire que je pourrais peut-être t'aider dans la gestion de la société…

— Émile est là pour ça !

— Oui, Émile… tu es sûr de lui ? Cela ne fait pas longtemps qu'il travaille ici et je pourr…

— Il fait très bien l'affaire et je ne vois pas où tu veux en venir, la coupé-je.

Je la vois s'énerver et poser ses deux poings sur les hanches.

— Oh, je ne veux en venir nulle part… je veux juste que tu me fasses un peu confiance en m'impliquant un peu plus dans ta vie. Mais en attendant, me dit-elle en me pointant du doigt, toi, tu pourrais faire un peu plus d'efforts avec moi, je ne sais pas moi, tu pourrais peut-être m'embrasser de temps en temps, cela serait un bon début non ? Moi, je fais cela pour toi alors une petite compensation ne ferait pas de mal, cela me motiverait peut-être !

— Te motiver ?

— Oui, me motiver ! Parce que franchement, tu ne donnes pas du tout envie de rester... je suis ici pour... pour... t'aider, oui, pour t'aider.

Son bafouillement me laisse penser qu'elle allait sûrement dire autre chose. Je vais pour l'interroger quand Al fait son retour.

— Désolé mec, mais j'ai dû demander à Caroline où trouver de quoi nettoyer.

En entendant la voix de Al, Sophie se retourne brusquement et reste bouche bée devant lui. Mon pote en l'apercevant laisse tout tomber et reste figé. Je les observe tous les deux se regarder comme s'ils voyaient une apparition.

— Euh... vous vous connaissez ?

— Qu'est-ce qu'elle fout là ? Lance Al.

— Al ? Bafouille Sophie.

Mon pote se dirige d'un pas hargneux vers elle et lui attrape le bras brusquement.

— Qu'est-ce que tu fous chez John ?

Je vais pour m'interposer, je n'ai jamais vu Al aussi énervé après une femme.

— Al… lâche-moi, tu me fais mal!

— Lâche-la Al!

Je le vois la repousser comme si elle lui avait brulé la main. Il se retourne vers moi en la montrant du doigt.

— Qu'est-ce qu'elle fout là? Tu sais qui c'est, non?

Je le regarde complètement ahuri.

— Oui, c'est Sophie, ma prétendante.

— Sophie? Ta prétendante? Répète-t-il en se retournant vers elle. Alors tu en es rendue à ça? À te prostituer pour ton père?

— Quoi? Fais-je complètement déboussolé par ses paroles. Qu'est-ce que tu racontes voyons!

— Non Al… tais-toi, je t'en prie… tu me connais… je… je n'avais pas le choix sinon, il… les larmes commencent à couler sur ses joues et des sanglots silencieux sont en train de la secouer.

Je me dirige vers elle afin de la prendre dans mes bras pour la consoler et regarde Al pour essayer de comprendre.

— Va-t-on m'expliquer ce qu'il se passe à la fin ? Al, je ne t'ai jamais vu te comporter comme ça envers une femme !

— Les temps changent, crache-t-il, et surtout avec ce genre de femme. Tu me dégoûtes Sophia, je n'aurais jamais pu penser que tu en arriverais là !

Ses pleurs se font plus bruyants mouillant ma chemise. Je la regarde en entendant le prénom qu'il vient d'utiliser.

— Sophia ?

— Oui Sophia ! Je te présente ta future femme… Sophia Lacausse.

Interloqué, je regarde la jeune femme entre mes bras. Je réalise enfin ce qui a été dit et je recule rapidement, la repoussant en même temps, je trébuche sur un siège et tombe au sol. Je reste allongé à terre sous le choc et ferme les yeux. *Putain Papa, qu'est-ce que j'ai pu te faire pour que tu m'en veuilles à ce point !*

J'entends quelqu'un se précipiter à mes côtés et me secouer.

— John ! Ça va ? Réponds-moi !

J'ouvre les yeux et vois Al inquiet au-dessus de moi.

— Ouais, t'inquiète… j'étais en train de maudire mon père !

— Tu m'as foutu la trouille mec !

Je me redresse et fixe Sophia qui sanglote de plus belle, les deux mains sur sa bouche. Al m'aide à me relever.

Enfin debout, je me dresse à quelques mètres de Sophia, j'ai le corps qui commence à trembler de rage et je ne veux pas m'approcher d'elle. Al doit le sentir, car il reste à mes côtés, je le sens bouillir autant que moi. Lui aussi vient de subir une sacrée désillusion.

J'ai bien failli me faire avoir sur ce coup-là et j'ai besoin d'explications afin de me calmer.

Ma mère arrive en courant, sûrement alertée par le raffut de ma chute.

— Qu'est-ce qu'il se passe ici ? Al, tu reviens et c'est déjà le bazar !

— Pas cette fois M'dame ! Lui dit-il avec un sourire en coin et un clin d'œil.

Elle lui retourne son sourire avec tendresse.

— Petit chenapan va ! Bon qu'est-ce qu'il se passe ? John, pourquoi es-tu si tendu et que tu regardes Sophie de cette manière ?

— C'est à elle de nous le dire, Maman !

Tous les regards se tournent vers Sophia. Celle-ci referme ses bras autour d'elle comme pour se protéger.

— Je … je vais partir John… et tu n'entendras plus parler de moi !

Elle commence à se diriger vers la maison. Je fais un pas sur le côté pour l'arrêter.

— Oh non, je ne crois pas. Tu me dois des explications, Sophia !

— Sophia ? dit ma mère, qui est cette Sophia ?

— Maman, je te présente Sophia Lacausse. Ma soi-disant prétendante !

Le regard de ma mère nous parcourt tous les trois. Sa bouche s'ouvre et se ferme, mais aucun son ne sort. Ses paupières se mettent à battre furieusement et elle prend une grande bouffée d'air.

— Quoi ? Lacausse ? Ce salopard nous a envoyé sa fille pour nous berner ?

Elle se retourne vers Sophia.

— Jeune fille, je pense que vous nous devez des éclaircissements. Asseyez-vous ! Dit-elle d'un ton qui ne nous donne pas envie de la contredire.

Sous l'intonation prise, même Al et moi nous nous asseyons. J'ai l'impression de me retrouver à ma période adolescent rebelle où nous avions tous deux fait une connerie.

Sophia s'assoit et se recroqueville sur elle-même. Elle fixe Al comme pour s'excuser alors que c'est plutôt à moi qu'elle devrait adresser des excuses.

Al la regarde froidement. Je comprends qu'il doit être énormément déçu par son comportement. Il avait l'air de plutôt tenir à elle.

Ma mère se racle la gorge et commence à parler à Sophia.

— Je connais Nathan Lacausse depuis très longtemps maintenant. Il était déjà en conflit avec David au sujet de parcelles qui devaient lui revenir avant notre mariage. Concernant le plan cadastral et les documents légaux, tout était bien au nom de David. Vous pensez bien que cela ne lui a pas plu du tout et depuis, il fait tout pour nous mettre des bâtons dans les roues. Votre père a toujours été une personne très calculatrice, il n'hésite pas à répandre le faux pour gagner ce qu'il désire. Il a fait beaucoup de torts à des petites entreprises. Mais mon David a toujours eu les épaules assez solides pour le contrer et il n'a jamais pu récupérer nos terres pour s'agrandir. Mais ce que je ne comprends pas, c'est comment il a fait pour atterrir dans le testament de mon mari et comment vous, vous êtes arrivée ici. Comment avez-vous pu vous laisser embarquer dans cette histoire ? Vous allez sûrement pouvoir nous expliquer tout ça !

Je vois Sophia se figer et les larmes lui monter aux yeux. Elle se triture les mains et renifle. Al lui tend un mouchoir qu'il avait dans sa poche et se réinstalle pour connaître enfin le fin mot de cette histoire. Après s'être mouchée, elle souffle un bon coup. Elle ne nous regarde pas, plongée dans ses pensées et commence à nous raconter ce qu'elle sait.

— Comme vous l'avez dit Madame Richard, mon père en veut à votre famille depuis bien avant ma naissance. Pourquoi ? Juste à cause de parcelles de terrain qu'il convoitait pour agrandir ses possessions. Il ne voyait que les biens matériels, la puissance et la reconnaissance de son pouvoir. Ma mère en a eu marre et elle est partie en me laissant derrière elle. J'ai passé mon enfance à essayer d'attirer son attention, d'avoir un peu d'amour paternel de sa part. Lorsque j'ai compris qu'il fallait rentrer dans son jeu pour avoir un peu de considération, je l'ai fait. Et j'ai découvert toute l'ampleur de sa méchanceté et de ce qu'il était capable de faire pour obtenir ce qu'il voulait. Le fait que votre mari lui tienne constamment tête n'a pas arrangé les choses. Il s'est fixé l'objectif de réussir à lui prendre son entreprise. Il a mené son enquête, a fait suivre chacun de vous afin de découvrir le détail qui pourrait le faire tomber. Cela a mis du temps, mais un jour, il est rentré à la maison tout heureux, car il avait enfin une information qui pourrait l'aider à détruire son concurrent. Mon père avait découvert quelque chose sur toi, John et il s'est empressé d'en tenir informé Monsieur Richard.

Je me fige quand j'entends ses propos. Lacausse aurait découvert que j'étais homosexuel et en aurait informé mon père ? Al avait-il raison tout à l'heure lorsqu'il disait qu'il avait dû sûrement apprendre quelque chose pour qu'il change à ce point ? Ma mère me regarde, l'air de chercher à comprendre ce qui a bien pu se passer.

— Je ne sais pas ce que c'est passé, ni ce qui a été dit, mais mon père était ravi lorsqu'il est rentré, car il avait réussi à faire sortir David Richard de ses gonds. Celui-ci lui aurait dit que s'il n'arrivait pas à marier son fils pour le contredire, à sa mort et celui de sa femme, le domaine lui reviendrait. Il jubilait, car il était persuadé d'avoir gagné. Après la lecture du testament, il a commencé à déchanter lorsqu'il a entendu dire que John allait faire appel à une agence de rencontres pour trouver une femme. Il commençait à penser que son plan allait tomber à l'eau et qu'il s'était sûrement trompé dans sa recherche. C'est à ce moment-là qu'il m'a demandé de l'aider dans la grande réussite de sa vie. Mes sentiments envers mon père n'étaient déjà plus les mêmes quand il a enfin eu besoin de moi. Il avait déjà plus ou moins pourri ma vie en m'écartant de toi Al, et j'en suis tellement désolée, lui dit-elle les yeux embués. Il n'a pas apprécié que je m'éloigne de son emprise et il a su jouer avec mes sentiments, mon besoin d'avoir un papa pour me faire revenir dans ses filets. Mais quand je l'ai compris, il était trop tard. Je t'avais déjà perdu et je n'ai pas osé revenir vers toi de peur d'être de nouveau rejetée par une personne que j'aimais. Après ma mère, mon père, je ne voulais pas subir un troisième rejet et…

J'entends Al déglutir à mes côtés et je vois ses poings se serrer sur ses genoux. Sophia se mouche discrètement et essuie ses joues avec sa main. Elle pousse un soupir.

— Enfin bref, quand il a appris pour l'agence de rencontres, il a voulu que je joue le rôle d'une prétendante énamourée et que je me marie avec toi. J'ai de suite été contre, je ne voulais pas jouer avec les sentiments d'une personne tout en sachant que j'en aimais une autre. Je lui ai exposé mon refus, lui expliquant pourquoi et il est rentré dans une rage folle. Il a menacé d'anéantir Al, de faire couler son bar et qu'il se retrouverait à la rue si je ne faisais pas ce qu'il me demandait.

Al se raidit sur sa chaise et en se redressant, la tension se lit sur son visage, la colère brille dans ses yeux, mais il ne dit toujours rien, écoutant la suite.

— J'ai exécuté ses ordres sous la contrainte. Il a payé grassement la deuxième candidate pour la faire partir et je me suis retrouvée seule en lice. Pour mon père, il a fallu que je rentre dans le rôle d'une garce, d'une personne vénale. Mais je n'arrivais pas à rentrer dans le jeu totalement, car je ne me sentais pas à ma place, je n'arrivais pas à être la garce qu'il souhaitait que je sois. Il faut dire que tu n'es pas facile à séduire, John, dit-elle avec un petit sourire. Mais je ne suis pas comme ça. Alors j'ai commencé à baisser les bras, je m'étais convaincue d'aller voir directement Al et lui dire toute la vérité. Je n'ai plus donné de nouvelles à mon père. C'est pour cette raison qu'il est venu l'autre jour, pour voir si je faisais correctement mon travail. Il m'a dit qu'il avait été perturbé quand il avait entendu le nom de Sophie et non le mien. Il m'a félicitée quand il a compris que Sophie était enfin de compte Sophia, personne n'aurait pu faire le rapprochement entre nous deux. Par la suite, il n'a pas arrêté de me harceler pour me donner des conseils, de me menacer si je ne faisais pas ce qu'il me demandait… et surtout, il menaçait de s'attaquer à la personne que j'ai…

Sophia baisse la tête. Ses cheveux lui cachent le visage. Je vois bien qu'elle a de la peine. Je suis persuadé qu'elle a toujours des sentiments pour Al. Celui-ci est tendu à mes côtés. Il a très bien compris lui aussi ce qu'elle a voulu dire.

— Je ne veux plus jouer ce rôle maintenant, cela va trop loin. Je suis désolée John de t'avoir mené en bateau. Je sais que le domaine est très important pour toi et j'ai tout foutu en l'air. D'une manière ou d'une autre, mon père pensait déjà qu'il avait gagné : soit tu tombais amoureux de moi et il m'obligeait à t'épouser, soit tu restais célibataire. Mon père est un homme mauvais. Je m'en veux tellement… J'espère pour toi que tu arriveras à mener à bien tes projets, que tu arriveras à trouver rapidement la personne qui te rendra heureux.

Elle se retourne vers Al.

— Je te demande pardon Al, j'ai peur que mon père s'en prenne maintenant à toi. Je sais que je t'ai fait du mal en partant et je suis désolée de t'en faire encore. Je vais tout faire pour essayer d'arranger les choses et ensuite, tu n'entendras plus parler de moi.

Al se lève, fait quelques pas et tombe à genoux devant elle.

— Tu aurais dû venir me voir Sophia, nous aurions pu trouver une solution ensemble.

Il lui prend les mains et leurs yeux s'ancrent l'un à l'autre. Je me sens de trop à l'instant et je me lève entraînant ma mère derrière moi pour les laisser seuls. Ils ont besoin de parler tous les deux et n'ont pas besoin de spectateurs.

Tout en rentrant dans la maison, je comprends que tout est fini pour moi, j'ai perdu le domaine et Émile. Je réalise malheureusement que Lacausse a réussi son coup. Je perds tout et lui a gagné.

Récupérer Émile va être encore plus compliqué, il croira encore moins maintenant que je l'aime, qu'il n'est pas une roue de secours, un pion comme il le dit.

Je m'écroule sur le canapé et me prends la tête entre les mains.

— Mais quel con! Je fais vraiment tout foirer. Tu avais raison Papa, je ne suis qu'un incapable!

Je continue à marmonner quand je réalise que ma mère s'est installée à mes côtés et m'écoute divaguer.

— John? Tu ne crois pas qu'il est temps de me dire ce qui te tracasse vraiment?

EMILE

Après avoir déposé Chloé auprès de Caroline, je suis parti directement au bureau. Je n'ai envie de voir personne. Je me sers un café sur place et m'installe derrière l'ordinateur.

La journée d'hier, loin du domaine et surtout de John, m'a fait du bien. Après ce qui s'est passé dans le petit bois, j'étais complètement perdu et déboussolé. Il m'a pris d'une façon si bestiale, si intense et j'ai tellement aimé ça. Je me suis comporté comme un mâle en chaleur me frottant à lui pour réclamer mon dû. J'ai espéré à ce moment-là qu'il avait fait son choix et que celui-ci, c'était moi. Quelle désillusion ! Je suis parti, même si cette décision a été difficile, j'ai préféré la prendre de ma propre initiative plutôt que de continuer à souffrir encore plus.

Me retrouver avec Chloé et Anaïs au zoo m'a fait penser à autre chose qu'à mon amour perdu. Nous sommes rentrés assez tard hier soir, je n'avais pas envie de les croiser au repas, alors j'ai emmené les filles manger un hamburger. Elles étaient tellement fatiguées en arrivant, qu'elles sont parties directement se coucher. J'ai suivi ma fille après avoir déposé une Anaïs tout endormie à Éric et Caroline. Je me suis couché, mais le sommeil me faisait faux bond.

Madame Richard entre dans la pièce et me regarde avec un petit sourire. Elle a ce petit air qui dit «je sais quelque chose, mais j'attends de voir». Je continue de travailler sur mon ordinateur après l'avoir saluée.

Je ne suis pas d'humeur à faire la conversation ce matin. Ma rupture hier avec John me laisse un goût amer. Je ne lui ai pas donné d'autre option et j'en pâtis. Je le comprends, cette entreprise représente énormément pour lui. C'est son héritage, ce qu'il attend depuis longtemps. Il a choisi la facilité, choisi de se marier avec cette pouffiasse qui ne pense qu'au fric et à la notoriété. Ce que fait John, elle n'en a rien à foutre. Mais c'est pourtant sa vie. Je le vois chaque jour dans ses yeux, cette passion qui le dévore quand il se tourne vers ses champs de lavande. Et il m'a transmis cette passion. Je veux l'aider au quotidien, l'épauler, l'aimer… mais tout cela ne se fera pas en couple. Cela sera entre deux collègues, entre un patron et son employé. Je ne dois plus penser à lui comme celui que j'aime, chose que je ne lui ai jamais dite. C'est peut-être un tort, mais quand je vois où cela nous mène, je pense que j'ai bien fait. J'ai perdu un amant, j'espère simplement que nous pourrons travailler ensemble, rester amis après ce que nous avons vécu, après notre histoire.

Mes épaules s'affaissent sous ma peine, je n'arrive pas à me concentrer. Je n'arrête pas de penser à nos baisers, nos caresses, son côté un peu sauvage qui me fait grimper dans les sphères du plaisir. Mes sentiments pour John ne vont pas s'arrêter du jour au lendemain, mais je lui en veux. Je lui en veux de ne pas s'être battu pour nous, bien que je comprenne son choix. C'était son rêve, son entreprise familiale ou moi. Et j'ai perdu. Je ferai tout pour l'aider à développer cette petite société et je dois penser aussi à Chloé. Ma fille se plaît ici, elle s'est fait des amis et j'aime la voir courir entre les rangées de lavande. Elle s'est épanouie. J'aime la voir comme ça, j'aime la voir rire. Oui, si ce n'est pas pour John, je ferais tout pour elle.

Je me redresse et m'aperçois que Madame Richard est toujours là à m'observer.

— Je peux vous aider Madame Richard ?

— Vous n'avez pas l'air dans votre assiette Émile !

Pas étonnant, mais au point qu'elle s'en aperçoive, je ne le pensais pas. Que puis-je lui dire ? J'aime votre fils, mais il en a choisi une autre. Non, je ne pense pas qu'elle apprécie. Après tout, John ne lui a jamais dit qu'il était gay. S'il l'avait informée peut-être que nous n'en serions pas là.

— Je viens de perdre une personne qui m'est chère…

Je la vois se décomposer.

— Oh ! Je suis désolée Émile. Je ne pensais pas à … Si vous avez besoin de temps pour aller vous recueillir…

Je viens de comprendre que j'ai mal formulé ma phrase.

— Non non … personne de proche n'est décédé, je suis désolé de vous avoir inquiétée. Non, ce que je voulais dire c'est que … eh bien … je viens de perdre… j'ai quitté la personne que j'aime… elle devait avoir un avenir sans moi pour pouvoir réaliser ses rêves et je la comprends, c'est une chose qu'elle attendait depuis longtemps. Elle doit suivre un autre chemin que le mien et moi j'avais espéré… ça fait mal Madame Richard, très mal, mais je n'ai pas le choix. Je suis prêt à tout sacrifier pour voir cette personne heureuse. Je m'aperçois, peut-être trop tard, que je tenais à elle plus que je ne le pensais et je ne lui ai jamais dit. Je viens de perdre une personne qui a pris énormément d'importance dans ma vie en très peu de temps. Je connaissais son rêve depuis le début, je comprends son choix et…

Les larmes me montent aux yeux. Eh merde, je ne vais pas me mettre à pleurer devant ma patronne tout de même. Je me retourne vers mon bureau pour ne pas lui montrer ma peine et tous les sentiments que je ressens et qui n'ont plus lieu d'être.

— Émile, m'interpelle-t-elle, Émile, regardez-moi.

Je fais ce qu'elle me demande, son regard est plein de tendresse, il ressemble à celui que me portait ma mère quand j'avais de la peine étant gamin. Je suis surpris par le sourire qu'elle m'adresse.

— Émile, ce qu'il se passe… ce choix dont vous n'arrêtez pas de parler… est-ce en rapport avec la discussion que j'ai eu hier avec John ? Il était très énervé après un évènement inattendu dans l'après-midi, mais encore plus en me disant qu'il s'était disputé avec vous, pour une chose qui semblait être alors la meilleure solution pour lui. Vous avez apparemment pris une décision à sa place pour réaliser ce que pour quoi il s'est tant battu. Mais sa grande question hier était de savoir s'il devait choisir son rêve s'il n'avait pas la personne qu'il aimait à ses côtés. Il m'a enfin dit qu'il préférait perdre son entreprise plutôt que la personne qu'il aimait mais, apparemment, c'était trop tard car celle-ci ne le croirait plus s'il lui avouait son amour. Ses propos étaient plutôt incohérents et j'ai mis du temps à comprendre qu'il ne parlait pas de cette Sophie, mais d'une autre personne et que cette personne, c'était vous. À chaque fois qu'il prononçait votre prénom, ses yeux se remplissaient d'une tristesse que je ne lui avais jamais vue avant, même à la mort de son père. Il est parti en me disant qu'il préférait abandonner ses droits sur son entreprise, qu'il ne voulait plus se marier et qu'il allait tout faire pour récupérer l'homme qu'il aimait. Émile… mon fils vous aime.

Je me redresse d'un seul coup et observe Madame Richard. Je ne vois aucun ressentiment sur son visage. Je trouve surprenant d'apprendre de sa bouche que John m'aime. J'aurais préféré qu'il me dise lui-même, mais vu notre situation, il a dû faire comme moi et attendre de voir où cela nous menait.

— Vous êtes d'accord sur le fait que John soit gay ?

— Je veux que mon fils soit heureux. Et si cela passe par aimer un homme alors… je soutiendrais mon fils.

— Mais Madame Richard, votre entreprise…

Il ne peut pas perdre son entreprise pour moi ! Je suis dans l'incompréhension totale. Qu'est-ce qu'il lui prend bordel, il ne peut pas abandonner ce pour quoi il a travaillé si dur.

— Pardon Madame Richard, mais il ne peut pas faire ça. Il doit reprendre les rênes, il doit se marier avec Sophie, il doit… je n'ai pas fait ça pour rien !

— Sophie est repartie hier soir, mais ça, c'est une autre histoire. Quant au domaine…

Je la regarde, complètement abasourdi parce qu'elle vient de dire. Sophie est partie hier soir ? Qu'est ce qui s'est passé en mon absence ? John a fait une connerie ou quoi ? Il ne peut pas avoir tout abandonné ?

— Émile, est-ce que vous l'aimez ?

Dans son regard, je vois qu'elle sait, qu'elle veut me l'entendre dire, confirmer et assumer mes sentiments envers lui. Je vois à travers ses yeux profonds que ce n'est pas la personne qui nous ferait du mal, bien au contraire, elle est prête à tout accepter pour le bien-être de son fils.

— Oui… oui, je l'aime.

Un poids s'échappe de ma poitrine. Je l'ai enfin dit à voix haute.

— Il y aura sûrement beaucoup de choses à m'expliquer Émile, mais le plus important, c'est d'aller retrouver John. Il est dans la grange en train de …

Je n'entends pas la fin de sa phrase, je suis déjà dehors pour me précipiter vers celui qui m'a prouvé qu'il m'aimait en mettant de côté ce à quoi il aspirait tant.

Je le retrouve là où tout a commencé, là où nous nous sommes dévoilés, là où notre attirance s'est déclarée, s'est glissée sous notre peau pour ne plus en sortir.

Je m'adosse à la porte de la grange et l'observe. John est en train de nettoyer les boxes des chevaux. Il y travaille avec acharnement, avec colère. Il est sous tension et cela se voit. Il a une telle énergie dans ses gestes que son torse nu est couvert d'une pellicule de sueur. À ce rythme-là, les boxes vont être vite propres.

Une puissance ressort de ses gestes, de sa posture me rappelant les deux fois où il m'a pris, me possédant vigoureusement pour son plaisir et le mien.

Ma queue se tend dans mon pantalon à ses souvenirs. Cet homme est fait pour moi et moi pour lui. Cela ne peut pas en être autrement. J'aime cet homme, c'est viscéral, cela vient du plus profond de moi et ce qu'il vient de faire…

— John ?

Il s'arrête, se redresse et se retourne vers moi, mais ne me regarde pas. Son regard fixe un point derrière moi.

— Em ? Que fais-tu ici ?

— À ton avis ? Lui dis-je moqueur.

Il m'observe enfin, de l'incompréhension se lit dans ses yeux. Je ne résiste pas. Je me dirige vers lui et le plaque contre le mur. Bien que je sois plus petit que lui, je me découvre une force que je ne pensais pas avoir. Sûrement la peur de le perdre, de perdre ce que nous avons commencé à construire. Je ne sais pas trop comment cela va finir, mais je compte bien l'avoir dans mon lit ce soir.

Un flot d'émotions me traverse. Je suis heureux de le retrouver là, simplement contre moi. J'ai ce besoin de savoir, de comprendre, qu'il m'avoue de lui-même ses sentiments. Je le respire, son odeur me galvanise.

Je passe mes mains sur ses hanches, me colle plus à lui et redresse la tête. Je fixe mes yeux dans les siens.

— À ton avis, John ? Pourquoi suis-je ici ?

Tout en lui parlant, je me frotte doucement contre lui. Ma queue bandée titille la sienne à travers nos jeans. Je le sens qui commence à durcir sous ce rapprochement. Il ne bouge toujours pas, ses yeux dans les miens se chargent de désir et de luxure. Je continue mon interrogation.

— Dis-moi pourquoi je suis ici John ?

Mes mains sur son torse remontent lentement sur ses pectoraux appréciant au passage la douceur de sa peau, le frémissement de ses muscles. De ma langue, je suçote un de ses tétons tandis que mes doigts s'occupent de l'autre. Je l'entends gémir sous mes caresses. Je le mords plus fort pour le faire réagir.

— Em ? me crie-t-il.

— Réponds-moi John ? S'il te plait !

— Je… Je ne sais pas…

— Ta mère vient de m'informer que tu viens de faire une énorme erreur pour une histoire de cul !

— Quoi ? Non… non, ce n'est pas une erreur, ce n'est pas une histoire de cul. J'ai dit à ma mère que j'aimais quelqu'un et que si je voulais garder cette personne, je ne reprendrais pas l'entreprise, je me suis aperçue que cette personne était plus importante pour moi, me dit-il en levant ses doigts sur mon visage pour caresser ma joue.

Ses paroles me rendent euphorique, je me redresse et l'embrasse. Je me retrouve dans une position où c'est enfin moi qui ai le dessus et je compte bien en profiter… pour le moment du moins.

Mes lèvres prennent sa bouche avec force, je glisse ma langue sur la sienne et l'enveloppe dans une caresse. Le bruit que j'aspire confirme qu'il est dans le même état que moi.

Ce baiser devient langoureux. Nous nous cherchons, essayant de prendre le pouvoir sur l'autre. Ses mains s'agrippent à moi, me serrant fort contre lui, me donnant l'impression qu'il ne veut pas que je m'éloigne. Je n'en ai aucunement l'intention, je suis à ma place dans ses bras.

Je pose mon front contre le sien. Nos yeux s'accrochent, se fixent. Je cherche à lire dans son regard ce qu'il désire réellement. J'espère ne pas me tromper de nouveau.

— Je t'aime John, lui dis-je dans un murmure. Je ne veux pas revivre ce qu'il s'est passé, je ne veux plus avoir à faire un choix, pour nous deux. J'ai besoin… J'ai besoin que tu me dises réellement ce que tu veux.

Je lui ai enfin avoué mes sentiments. L'appréhension me gagne. Il m'a tellement fait douter ses derniers jours en voulant jouer sur deux tableaux que j'ai peur de souffrir de nouveau. Il a l'air de le comprendre et ses lèvres caressent les miennes délicatement.

— Je ne pense qu'à toi à chaque instant depuis ton arrivée, je ne peux plus me passer de toi, je t'ai dans la peau et… dans mon cœur. Je t'aime Em, comme un fou. Te perdre m'a anéanti, m'a fait réaliser que sans toi, je ne suis rien, que tu m'es indispensable. Excuse-moi… excuse-moi pour le mal que j'ai pu te faire, de ne pas avoir compris plus tôt. Je te veux toi, Émile Duval. Je te choisis pour être à mes côtés. Je perds peut-être le domaine, mais j'ai enfin compris que ma vie sans la personne que j'aime n'a pas la même saveur.

Une chaleur m'envahit, enfin il m'avoue ce qu'il ressent, enfin il me dit qu'il m'aime, moi et personne d'autre, enfin il me confirme qu'il me choisit moi.

Je le serre contre moi et je niche ma tête dans son cou. La tension qui me tenait s'éloigne. Ce moment de tendresse renvoie tous les doutes loin de mon esprit. Il passe ses mains sous ma chemise et me caresse tendrement le dos, profitant lui aussi de cet instant. Ses lèvres se posent sur mon cou, je l'entends prendre une grande respiration et se détendre entre mes bras.

— J'ai cru te perdre Em et je ne veux plus revivre ça.

— Je suis là, je ne pars pas…

Il m'attrape rudement les cheveux et m'embrasse avec force. Sa langue revendique la mienne.

— Je t'aime Em, je t'aime vraiment, n'en doute jamais.

Ses paroles murmurées me donnent la force nécessaire pour l'étendre dans la paille. Je me retrouve sur lui et l'écrase de mon poids. Mes deux mains autour de sa tête, je le surplombe.

— Prouve-le-moi, donne-toi à moi.

Je lis de l'incompréhension dans son regard.

— Laisse-moi te posséder comme tu l'as fait avec moi, montre-moi que tu m'appartiens comme je t'appartiens, lui murmuré-je à l'oreille.

— Em… je n'ai jamais…

Je suis surpris de l'entendre me dire qu'il n'a jamais été un passif. Puis, je réalise une chose, je vais être son premier, celui à qui il offre sa virginité anale. Je passe doucement mon pouce sur ses lèvres avant d'y poser les miennes.

— Je veux te montrer que cela peut être bon quand c'est fait avec la personne que l'on aime. Offre-moi ce cadeau si précieux.

Mes lèvres descendent dans son cou, le long de sa clavicule, butinent ses mamelons. Je le sens tendu, mes mains défont les boutons de son pantalon, le lui enlèvent et mes doigts entourent sa queue. Sa respiration s'accélère quand j'entame de lents va-et-vient. Ma langue s'engouffre dans son nombril avant d'aspirer la peau de son ventre. Je relève la tête, je ne vois plus de doute sur son visage, j'y lis de l'amour, du consentement. Ce regard me bouleverse, il se donne enfin à moi. Sa paume enserre ma joue, je me frotte à celle-ci comme un chat réclamant ses caresses pour ronronner. Je laisse glisser mes doigts sur son corps, appréciant la courbe de chacun de ses muscles. Je veux que ce moment soit tendre pour lui... pour nous.

Je sors ma langue et lape le liquide pré séminal qui apparait sur son gland tout en l'observant. Il se mord la lèvre sous l'effet ressenti. Je le caresse sur toute sa longueur, léchant chaque aspérité de son membre. J'enserre doucement ses testicules, je les masse tendrement en même temps que j'enfouis sa hampe dans ma bouche. Ses yeux se ferment et sa bouche s'ouvre laissant échapper un doux gémissement.

Ma salive enduit sa queue au gré de mes va-et-vient buccaux. Mes doigts rejoignent ma bouche s'imprégnant de ce lubrifiant improvisé. Je les dirige vers son orifice étroit. Quand je commence à le masser tendrement, sa tête se relève, une lueur de crainte apparaît dans ses yeux. Je continue ma fellation tout en le fixant du regard, je ne veux pas qu'il ait peur d'un moment de plaisir, d'amour que nous sommes en train de vivre. Je déglutis et un frémissement s'empare de son bassin au même moment où j'introduis mon doigt à l'intérieur de lui.

— Merde, Em! Putain, recommence ça!

Mon intrusion est pratiquement passée inaperçue et je recommence ma déglutition. Ses hanches amorcent d'elles-mêmes un mouvement dans ma bouche et sur mon doigt. J'en profite pour en glisser un deuxième et entame des oscillations pour détendre son sphincter. Il se tend un peu sous la pénétration et ne peut totalement réprimer une plainte d'inconfort. Je ressors mes doigts pour caresser son entrée.

Je continue de le sucer tout en effectuant des mouvements circulaires. Le regard de plaisir qu'il me lance me fait replonger profondément en lui. Je m'amuse à entrer et sortir en des rythmes irréguliers, étirant doucement ses chairs et m'amuse à frôler sa prostate. Son visage se crispe, ses yeux se ferment sous mes caresses et sa bouche s'ouvre comme s'il cherchait à faire entrer de l'air dans ses poumons.

Je le sens prêt pour moi. Je remonte le long de son corps tout en l'embrassant. Je m'empare de sa bouche et mêle nos langues dans une danse frénétique. John n'est pas en reste, il me serre contre lui, ses mains sur mes fesses me malmènent. Je le sens fébrile, en attente d'une chose qu'il ne connaît pas encore

Je relève d'un doigt son menton pour fixer mes yeux dans les siens. Ceux-ci sont chargés de désir et brillent d'une lueur qui me transperce. Dans ce regard, j'y lis son amour et son abandon.

— Chéri, tu es sûr de toi ?

— Oui, je veux te montrer que je suis à toi comme tu es à moi.

Je l'embrasse sauvagement à ses paroles. Je descends ma main le long de son torse, de sa cuisse et soulève son genou pour le poser sur mon épaule. Je le surplombe. Il est beau. Magnifique même dans l'attente de mon bon vouloir. Je crache dans ma main pour humidifier mon sexe n'ayant toujours pas de lubrifiant sur nous. Je mordille amoureusement la chair de sa cuisse et me positionne devant son entrée. Je commence à pousser puis mon membre pénètre dans son corps si serré. L'idée que je sois le premier me rend fort et plus dur. Mes yeux se plissent de plaisir quand je vois John se cambrer sous l'intrusion. Il n'a pas l'air de vouloir que je ralentisse. Au contraire, ses halètements me poussent à continuer. La sensation de pression me donne le tournis, mais je continue à m'enfoncer lentement. Je ne m'arrête qu'une fois ma hampe entièrement à l'intérieur de lui. Son cul est tellement accueillant et je m'y sens parfaitement bien.

— John, c'est… merde, c'est tellement bon d'être à l'intérieur de toi.

Un léger sourire relève le coin de la bouche de mon homme, ses yeux déjà partis dans les sphères du plaisir. Ne trouvant aucun signe de gêne sur son visage, je me retire afin de replonger dans son antre chaud. Il serre fortement ses poings dans la paille et plongent ses yeux dans les miens.

— Em… Je… merde, continue, n'arrête pas.

Je me marre doucement et accentue mon mouvement de reins.

Je suis rapidement sur le point de non-retour. Un tiraillement se fait sentir dans mes testicules, les cris de plaisir de John me font comprendre qu'il n'est pas loin non plus de la jouissance.

Je remonte ses hanches sur le haut de mes cuisses, me donnant un meilleur accès à son entrée et me permettant des mouvements plus amples. John se redresse, se tenant sur un bras, il m'attrape la nuque et s'empare de ma bouche. Nos souffles haletant se mêlent, se mélangent. Mes mains agrippent sa taille, le maintenant en place. J'arrive au bout de ma résistance et je me lâche, libérant ma semence à l'intérieur de lui, le marquant de mon plaisir.

— Je t'aime John !

Je lui répète ces mots tout en continuant de le marteler jusqu'à ce qu'il ne me reste plus rien à lui donner.

À bout de souffle, je l'embrasse en le masturbant. Il se libère enfin dans un cri, son sperme s'étalant sur nos ventres.

Nous retombons tous les deux dans la paille. Ma tête reposant sur son bras, je sens les battements de son cœur sous ma main battre de façon frénétique. Le mien doit être dans le même état.

Ses bras se referment sur moi, je relève la tête et pose mes lèvres tendrement sur les siennes. Ce que nous venons de vivre a été intense et ce moment de calme nous permet de redescendre peu à peu de notre nuage.

— Merci Em.

— Non merci à toi, merci de t'être offert à moi.

Ses yeux se font intenses.

— Je t'aime, ne doute jamais de ça.

En cet instant, je me sens fort, fort de son amour, de notre amour. Un certain pouvoir me traverse et je sais qu'à deux, nous pouvons abattre des montagnes. Nous allons nous en sortir… ensemble. Tout n'est pas perdu, ce qui vient de se passer le prouve.

Dans cet instant d'amour, nous nous endormons dans les bras l'un de l'autre.

Je me réveille sous les baisers de John. Dans un sourire, je l'embrasse paresseusement appréciant ce moment. Voilà une chose que je vais aimer chaque jour, me réveiller dans ses bras. Enfin, du moins, je l'espère.

J'ouvre brusquement les yeux, le doute me reprenant. J'ose lui reposer la question qui m'a tant fait souffrir hier.

— Et maintenant John, que vas-tu faire ?

Je le vois sourire. Il a très bien compris à quoi je voulais en venir. Se doigts caressent ma joue tandis que ses yeux s'ancrent aux miens pour appuyer ses dires.

— Maintenant, je vais vivre pour l'homme que j'aime, assumer ce que je suis et voir ce que l'avenir va nous apporter.

Un poids se retire de ma poitrine et je le serre tout contre moi.

— Mais… le domaine ? Sophie ?

— Tu n'es pas au courant de ce qu'il s'est passé hier ?

— Non. Ta mère m'a fait comprendre que Sophie était partie, mais je n'en sais pas plus.

John me raconte tout ce que j'ai loupé hier. De la venue de Al à sa conversation avec sa mère.

— Quoi! Sophie est la fille de Nathan Lacausse? Je sentais que quelque chose clochait chez elle, mais je ne m'attendais pas à ça. Comme je la plains d'avoir un père comme lui. Cela ne doit pas être évident à vivre. Comment cela s'est fini avec Al?

— Je n'en sais pas plus. Je sais qu'ils sont partis ensemble. Je contacterai Al plus tard. Bon, pour l'instant, il faut que j'aille voir ma mère. Enfin, nous… si tu veux bien l'affronter avec moi.

Je me marre en le regardant.

— Quoi? Me rétorque-t-il.

— Ta mère sait pour toi.

Il me regarde, interloqué.

— Mais… comment?

— Ta conversation avec elle. Apparemment, tu n'as pas fait attention à ce que tu lui disais. C'est elle ce matin qui est venue me voir pour savoir ce que je pensais de tout ça. Elle m'a dit elle-même que tu m'aimais et elle m'a fait avouer que je t'aimais. Elle avait plutôt l'air contente. Elle m'a dit où te trouver afin de régler notre histoire… Elle ne veut que ton bonheur John et elle en a strictement rien à faire que tu sois gay ou non. Il serait peut-être temps que vous ayiez une bonne discussion, tu ne crois pas?

— Oui… tu restes avec moi?

— Oui… toujours.

Après un dernier baiser, nous nous rhabillons et rentrons à la maison.

Quand nous pénétrons dans la salle, il doit être l'heure de manger, car tout le monde est présent. Tous les yeux se tournent vers nous à notre arrivée. Je sens John se raidir à mes côtés. Je souris, cela va être difficile pour lui d'avouer quelque chose qu'il a caché depuis tant de temps. Cela sera pour plus tard, je me sens en confiance maintenant.

Je vois Chloé arriver vers moi en courant. Et puis, moi aussi, il va falloir que je parle à ma fille. Nous le ferons ensemble.

À deux, nous serons plus forts. Je donne un coup d'épaule à John en lui faisant un clin d'œil. Je lui souris et je le vois se détendre. Il a compris que rien ne presse pour moi.

Je prends ma fille dans mes bras.

— Alors ma puce, tu as fait quoi avec Anaïs ce matin ?

— Caroline nous a fait faire des devoirs de vacances pour que l'on soit prêtes pour la rentrée… j'aime toujours pas les mathématiques ! Et toi, tu as fait quoi avec Monsieur John ? Madame Anna n'a pas voulu que je vienne vous rejoindre dans la grange.

Je me fige. Heureusement qu'elle n'est pas venue nous rejoindre, nous l'avons échappé belle sur ce coup-là. Je remercie Madame Richard d'un regard. Je vois ses épaules tressauter, la main devant sa bouche pour cacher son rictus de moquerie, elle s'amuse de la situation, elle a très bien compris ce que nous avions pu faire. Je me mets à rougir et repose ma fille au sol.

— Nous avions besoin de discuter. Va manger maintenant.

Je me tourne vers John qui se marre dans son coin. Je lui fais des gros yeux et il rigole de plus belle.

— Tu aurais moins rigolé si elle nous avait surpris ! lui chuchoté-je.

— Oui, c'est vrai, me dit-il en essayant de reprendre son sérieux.

Ses yeux pétillent de malice et contre toute attente, il m'embrasse. Devant tout le monde. Sans à priori. D'un baiser ravageur et possessif. D'un baiser qui ne laisse pas de place au doute.

Il s'est enfin libéré de ses préjugés. Il me confirme par son geste qu'il souhaite que sa famille soit informée. Et quoi de mieux que de m'embrasser devant eux.

Il me libère enfin avec un petit sourire.

—Désolé, je n'ai pas pu m'en empêcher… je t'aime…

— Je vois ça… maintenant, si on regardait leur tête, lui réponds-je moqueur.

On se tourne légèrement. Madame Richard et Charles ont un grand sourire sur le visage. Éric et Caroline sont surpris, mais ne montrent aucun ressentiment et finissent par sourire également. Je me tourne enfin vers ma fille. Celle-ci a la bouche grande ouverte en nous regardant.

— Papa ? Monsieur John ? Vous êtes amoureux ? Il n'y a que les amoureux qui s'embrassent comme ça ! Et si vous êtes amoureux, Monsieur John sera mon deuxième papa ?

Son flot de paroles me soulage. John me prend la main et tend l'autre vers Chloé.

— Viens là ma puce. Oui, je suis amoureux de ton Papa. Est-ce que cela te dérange si ton Papa aime un autre homme plutôt qu'une dame ?

— Euh… si mon Papa est heureux, je suis contente. Et puis, c'est toi, donc voilà…

Je prends ma fille dans mes bras et la serre très fort contre moi.

— Oui ma puce, je suis heureux avec John. Mais sache que tu seras toujours ma priorité, ma petite fille que j'aime. D'accord ?

Elle hoche la tête, m'attrape le cou et tend son bras vers John. Elle nous fait un gros câlin à tous les deux, saute de mes bras et court vers Anaïs.

— Tu as vu, j'ai deux papas maintenant! Lui dit-elle en l'entrainant dans une danse.

Les bras de John autour de ma taille, nous la regardons faire. Je me sens heureux et soulagé du consentement de ma fille. Je ne sais pas ce que j'aurais fait si elle n'était pas d'accord sur notre couple.

— Maman? entends-je John.

Je le vois regarder Madame Richard avec appréhension. Celle-ci s'approche de nous et le prend dans ses bras.

— Comme l'a dit Émile à Chloé, tu es mon fils, et ton bonheur compte plus que tout. Si tu es heureux avec lui, alors je suis heureuse. Mais tu aurais dû nous en parler plus tôt, je pense que nous n'aurions pas vécu tous ces tourments.

— Maman, je pense que papa était au courant, je pense que c'est ce que Lacausse est venu lui dire et qui a fait changer son testament.

— Je ne crois pas que ton père était homophobe John, mais il a dû être vexé de l'apprendre par son pire ennemi.

— Je suis désolé Maman…

— Il est trop tard pour ça maintenant mon fils, lui dit-elle en posant la main sur sa joue. Mon fils est amoureux et c'est ce qui compte. Elle se tourne vers moi et me prends à mon tour dans ses bras. Bienvenu dans la famille Émile, mon fils ne pouvait pas mieux tomber. Mais il va falloir m'expliquer pour Chloé parce que là, je ne comprends plus rien.

— Quoi Maman ? Tu veux savoir comment on fait les bébés, lui dit-il en me lançant un clin d'œil.

— Idiot, tu as très bien compris ce que je voulais dire. Bon ben, nous avons quelque chose à fêter. Va chercher le champagne, j'ai envie d'ouvrir une bouteille pour cette bonne nouvelle.

— Oui, c'est une bonne nouvelle, mais… nous allons perdre le domaine, j'en suis vraiment désolé.

Je lui prends la main pour lui montrer mon soutien.

— Chaque chose en son temps mon fils. Pour l'instant, je suis toujours vivante et la propriété n'est pas encore entre les mains de Lacausse. Nous allons trouver une solution. Allez, allons boire un verre !

Nous nous installons tous à table. Je regarde cette tablée, voici ma nouvelle famille… notre nouvelle famille.

Je vais me faire un point d'honneur à décortiquer ce testament. Je vais tout faire pour trouver la faille pour que John garde ce pour quoi il a tant travaillé.

Épilogue

QUATRE MOIS PLUS TARD

Je cours vers la maison. Nous sommes à la veille de Noël et le froid s'est installé sur la Provence. La nuit tombe déjà et la maison est éclairée par toutes les guirlandes que nous nous sommes amusés à installer avec John pour le plus grand bonheur des filles.

Ce soir, nous ferons la remise des cadeaux. Je suis excité et inquiet en même temps de ce que je vais lui offrir. C'est un cadeau assez spécial et j'espère qu'il ne le prendra pas mal.

Après tout, je lui offre quelque chose qu'il attendait depuis longtemps, je risque quoi, un refus ?

Je pousse la porte et suis accueilli par des éclats de rire. Chloé et Anaïs finissent de décorer le sapin tout en faisant des rondes sur des musiques de Noël. Mamie Anna, comme elles ont fini par appeler Madame Richard pour son plus grand bonheur, frappe des mains en chantant avec elles. John sirote une bière, appuyé sur le chambranle de la porte tout en les regardant, Éric et Charles à ses côtés. Une bonne odeur de nourriture se dégage de la cuisine. Caroline est aux fourneaux et nous prépare un repas de veillée de Noël aux pures traditions provençales. Lorsque John m'a expliqué comment cela se passait, j'ai été impressionné. De la décoration de la table avec ses trois nappes blanches, ses trois chandeliers blancs allumés, ses trois soucoupes de blé germé de la Sainte Barbe au gros souper composé de sept plats dits maigres, de ses treize petits pains suivis de treize desserts, tout est là. La famille Richard met un point d'honneur à respecter ses coutumes et d'autant plus que c'est notre premier réveillon à Chloé et moi.

J'enlève mon manteau et je frissonne sous l'effet chaud froid. John m'entend arriver et se retourne. Ses yeux marron chocolat se mettent à briller. Il se dirige vers moi, pose sa bière sur la commode de l'entrée et me prend dans ses bras. Son baiser me réchauffe immédiatement, ou plutôt mes sens s'échauffent immédiatement. Il n'a plus aucune gêne sur son comportement avec moi face à sa famille. Au contraire, il est très démonstratif et plein d'attentions qui parfois me bouleversent et me rendent encore plus amoureux de lui. D'où mon cadeau qui j'espère le rendra aussi heureux.

— Tu m'as manqué, me murmure-t-il à l'oreille tout en me mordillant le lobe.

— Toi aussi, j'ai voulu tout terminer avant notre semaine de fermeture. Maintenant, j'ai l'esprit tranquille et je vais pouvoir profiter de nos vacances.

— Hummm… et surtout de nos grasses matinées, me dit-il sur un ton gourmand, et tu vas être tout à moi. Je ne t'ai pas beaucoup vu cette semaine. Tu as trop travaillé.

— Dit le patron à son employé. Je ricane devant son air déconfit. Je lui embrasse le bout du nez et lui fais un clin d'œil. C'est pour la bonne cause mon chéri et comme tu l'as si bien dit, je suis maintenant tout à toi. Et j'ai hâte de profiter de nos grasses matinées, lui dis-je à voix basse. J'ai plein de trucs qui me viennent en tête.

John émet un grognement et je sens son désir sur le bas de mon ventre.

— Arrête gros malin, sinon je te monte de suite dans la chambre.

Je rigole et me dégage sous son regard courroucé.

— Je vais aller dire bonjour à ma fille.

— Mais, tu ne vas pas me laisser comme ça…. Je vais me venger, je te le promets.

Je m'éloigne en lui faisant un clin d'œil en articulant un «J'ai hâte» et entre dans la grande salle.

Je vois Charles au côté de Madame Richard en train de se parler à voix basse et en se tenant la main. Si ces deux-là ne sont pas en train de tomber amoureux l'un de l'autre, j'en serais étonné. Je sens John derrière moi, il m'entoure la taille en m'embrassant dans le cou.

— Qu'est-ce que tu m'as offert pour Noël? me demande-t-il.

— Si je te le dis, cela ne serait plus une surprise.

Enfin, j'espère que cela le sera.

— Dis-moi, si ta mère se mettait avec quelqu'un, cela t'ennuierait?

Il me lance un regard surpris.

— Non, elle a le droit de refaire sa vie. Pourquoi?

— Regarde-la avec Charles… j'ai l'impression que ces deux-là sont plus proches qu'ils ne le laissent paraître. Tu ne crois pas?

— Hum… peut-être… Charles est une bonne personne et si tu as vraiment raison, elle sera heureuse avec lui.

Ma tornade de fille arrive en courant entrainant une Anaïs aussi heureuse qu'elle des évènements à venir.

— Papa, Papa, tu as vu comme notre sapin est beau ?

— Il est superbe les filles, vous avez bien travaillé.

— Heureusement que John et Éric était là pour mettre les guirlandes en haut, ils nous ont mis sur leurs épaules, on a bien rigolé. Allez viens Anaïs, il faut finir la crèche !

Elles repartent en courant.

J'embrasse la joue de John, sa tête posée sur mon épaule se niche un peu plus dans le creux de mon cou qu'il mordille avec tendresse.

— Merci pour elle.

— Non merci à toi d'avoir une fille telle que Chloé et puis, elle est un peu ma fille aussi non ?

L'entendre dire qu'il considère Chloé comme sa fille me conforte dans le choix de mon cadeau. Je me retourne et l'embrasse avidement, d'un baiser qui le laisse pantelant et en demande plus. Je pose mon front contre le sien reprenant ma respiration.

— Ce qui est à moi est à toi, ma fille et moi font un lot, tu es obligé de prendre le package.

— Humm… laisse-moi réfléchir, me dit-il d'un air taquin.

Je lui donne une tape sur l'épaule.

— Je verrais si je te garde après ton cadeau…

— Non, mais quel toupet, et le mien alors, c'est quoi ?

— C'est une surprise, me dit-il en s'éloignant.

Je le regarde rejoindre les filles en souriant et en secouant la tête. Cet homme, mon homme peut être surprenant des fois, je dois m'attendre à tout.

Nous redescendons tous pour le repas. Chacun de nous a voulu se mettre sur son trente-et-un pour ce réveillon. Madame Anna et Caroline portent des robes longues, elles sont resplendissantes. Les filles sont habillées dans des tenues aux pures traditions provençales et elles sont adorables. Je sors mon téléphone et prends une photo que j'enverrai à ma mère demain. Les hommes portent tous un costume cravate.

Je reste bouche bée lorsque je vois John descendre dans son costume de cérémonie. Il est en train de batailler avec ses boutons de manchettes et il ne m'a pas encore vu. Je me dirige discrètement vers lui et le coince sous le renfoncement de l'escalier.

Je happe ses lèvres dans un baiser langoureux. Puis tout en le dévorant du regard, je l'aide à installer ses boutons.

— Tu es magnifique mon chéri, j'ai hâte d'être ce soir pour t'enlever ce costume.

— Humm… tu n'es pas mal non plus, me dit-il en mordillant la peau tendre derrière mon oreille.

Des frissons me parcourent le corps, l'attente va être longue.

— J'aimerais rester ici et profiter de toi, mais nous sommes attendus. Allez viens bébé, me dit-il en me prenant la main pour nous diriger vers la grande salle.

Dès que nous rentrons, Chloé arrive vers moi tout excitée.

— Papa, Papa, il y une grande surprise pour toi.

John l'attrape et la chatouille ce qui la fait éclater de rire.

— Mais tu vas te taire petite coquine, sinon ce n'est plus une surprise.

— Ben toi aussi, tu vas avoir une surprise, mais je te le dis pas!

— Chloé! Tais-toi! La grondé-je gentiment.

Elle pouffe et prend la main de John.

— Allez John, on peut faire la surprise à papa maintenant.

— Elle connaît mon cadeau ? Hum, je vais donc faire parler notre petit moulin à paroles… ricane-t-il.

— Si tu fais ça, tu seras privé de dessert.

— OK, bon argument, mais mon dessert a intérêt d'être délicieusement alléchant.

— Tu le découvriras plus tard lui dis-je en l'embrassant. Bon alors si j'ai bien compris, moi, je vais avoir mon cadeau maintenant.

— Viens et ferme les yeux !

Il me prend la main et me dirige vers le salon. Il se place derrière moi.

— Ne bouge pas, me susurre-t-il à l'oreille en caressant mes bras. Le son de sa voix grave me procure des frissons. Chloé, tu peux venir. Je t'aime et maintenant ouvre les yeux.

Je lève mes paupières et les larmes me montent aux yeux.

— Maman ? Maman tu as pu venir ?

Je me précipite vers elle pour la prendre dans mes bras. Elle me serre contre elle tout en rigolant. Elle me prend la tête entre les mains et essuie de ses pouces mes joues humides.

— Ah mon fils ! Toujours aussi émotif ! Mais regarde-toi comme tu es beau. Tu as pris des épaules, si tu n'avais pas arrêté de grandir, j'aurais presque pu penser que tu as pris quelques centimètres de plus. J'ai déjà eu du mal à reconnaître Chloé en arrivant tellement elle avait changé. Le bon air de la Provence lui a fait beaucoup de bien.

Je continue de sourire bêtement et la prends fermement dans mes bras en la soulevant.

— Maman, je suis tellement content de te voir. Et dire que tu m'as dit que tu partais en voyage et que tu ne serais pas chez toi à Noël.

— Bah, c'est le cas non, parce que je suis ici. Tu peux remercier John pour cela. Il a tout organisé. C'est un très bel homme, tu as fait un très bon choix, me glisse-t-elle doucement à l'oreille.

— Merci Maman.

Je me retourne vers le reste de la famille.

— Merci à tous pour cette merveilleuse surprise.

Je me dirige vers John et l'embrasse tendrement.

— Et surtout merci à toi d'avoir tout organiser pour la faire venir.

— Je suis heureux si tu es heureux. Tu me parlais tellement d'elle que j'avais hâte de la rencontrer.

Madame Richard frappe dans ses mains.

— Bon, maintenant que tout le monde est là, commençons les festivités. Et si l'on commençait par ouvrir les cadeaux ? Qu'est-ce que vous en pensez les filles ?

Chloé et Anaïs hurlent de joie et se précipitent vers le sapin. L'avantage, c'est qu'elles ne croient plus au Père Noël et nous avons pu placer les cadeaux en fin de journée. Depuis, elles tournent autour pour savoir ce que peuvent contenir tous les paquets entassés. Je crois bien qu'elles ont été trop gâtées ces deux-là.

John se met à imiter les filles ce qui fait éclater de rire tout le monde.

— Quel grand gamin ! Lui dit sa mère. Ne serais-tu pas pressé de connaitre le tien par hasard ?

— Quoi ? Tu es au courant toi aussi ?

Sa mère lui fait un sourire énigmatique et me fait un clin d'œil.

— Disons qu'Émile m'en a touché deux mots.

John me lance un regard furibond et commence à bouder.

Lorsque j'ai découvert, il y a près de trois semaines, la faille dans le testament de son père, je suis allé voir Madame Richard. Nous avons longuement parlé tous les deux et je lui ai fait part en même temps de mon projet, de cette fameuse surprise que je souhaite lui faire. Quand elle m'a manifesté sa joie, je ne m'attendais pas à ce qu'elle mette tout en œuvre pour m'aider. J'ai mis Chloé aussi sur le coup pour avoir son consentement comme elle est aussi concernée dans l'histoire. Ma fille m'a surpris du haut de ses huit ans en me disant que si mon bonheur était d'accomplir le rêve de John, alors elle était tout à fait d'accord et voulait absolument participer à lui faire la surprise. Nous avons beaucoup discuté tous les deux et nous nous sommes mis d'accord sur la démarche à suivre.

— Papa, est-ce que nous faisons la surprise à John parce qu'il a l'air tout triste ?

Un semblant de sourire apparait sur le visage du concerné. Quel cinéma !

— Oui ma puce, je suis triste.

Ma fille me tient la main et me regarde pour demander mon accord. Je hoche la tête et respire un grand coup. L'appréhension me gagne quand je vois Chloé aller vers le sapin pour prendre un rouleau de papier enrubanné. Madame Richard me lance un regard confiant et ma mère est tout sourire. Je l'avais informée de mon projet par téléphone et elle m'avait encouragé dans ma démarche. C'est vraiment génial qu'elle soit là pour profiter de cet évènement.

Chloé fait tourner John vers elle et lui donne le rouleau.

— John, lui dit-elle sérieusement faisant sourire l'assistance. Je te donne ces documents, Papa veux que tu les lises avec soin. Moi, je suis d'accord avec ce qui a été écrit dedans. Alors, j'espère beaucoup que tu seras aussi d'accord.

John me lance un regard curieux et prend les documents. Il embrasse ma fille.

— Merci ma puce, mais qu'est-ce c'est ?
— Ben ouvre sinon, tu ne le sauras pas !
— Bon d'accord.

Il enlève le ruban et déroule les papiers. En première page se trouve un joli dessin de Chloé nous représentant tous les trois devant la maison et un champ de lavande. Les deux hommes tiennent la main à la petite fille et dessous Chloé a écrit «Veux-tu être mon deuxième papa ?».

Je vois les yeux de John s'embuer. Il prend ma fille dans ses bras et la serre très fort contre lui.

— C'est un grand honneur pour moi d'être ton deuxième Papa, ma puce. J'accepte de tout cœur et te promets de te rendre heureuse comme le fait ton Papa.

— Chouette ! Tu seras mon Papa John, lui dit-elle en lui faisant un gros bisou sur la joue. Il faut aussi que tu regardes les autres papiers.

— Ah, mais il faut que tu m'aides à tourner les pages alors, car je te garde dans mes bras.

C'est le moment attendu pour que je rentre dans mon rôle. Je me mets en position dans son dos et j'attends que Chloé tourne la page. Tout le monde observe et attend impatiemment la suite. Ma mère et Madame Richard laissent couler quelques larmes de joie et moi, je commence à me sentir fébrile.

John se raidit quand il voit le deuxième document. Il pose Chloé au sol et se retourne vers moi.

— Qu'est-ce que…

Il se tait quand il me voit. Je pose un genou au sol et lui tends une petite boite ouverte où repose un anneau en or jaune et or blanc.

Ses yeux se teintent d'incompréhension et s'ouvrent en grand quand il comprend ce que je suis en train de faire. Des larmes apparaissent à travers ses yeux.

— John, chéri. Cela fait maintenant à peu près cinq mois que l'on se connaît. Nous avons connu des hauts et des bas au début, mais depuis, tu me fais vivre des moments merveilleux. Tu m'as fait connaître ton monde, ta passion, tes rêves. Je me suis laissé entrainer dans ton univers et peu à peu, ton monde est devenu le mien. Tu auras beaucoup de mal à me faire partir maintenant, car je compte vivre ici un petit moment.

Un sourire apparaît sur son visage bouleversé.

— En parlant de ton rêve, de ce domaine qui t'est cher, j'ai voulu te l'offrir en ce jour de Noël. Ceci est mon cadeau. Et pour y arriver, le testament de ton père stipulait que tu devais te marier et avoir un enfant. Je t'offre les deux. Tu as les documents d'adoption entre les mains. Je veux que tu les signes pour que ma fille devienne notre fille, afin qu'elle porte nos deux noms. Mon deuxième cadeau, c'est le domaine. Je t'aime n'en doute jamais, mais… comment te dire ? Je vais utiliser les mots les plus simples : veux-tu m'épouser ? Devenir mon mari ? L'homme de ma vie pour le meilleur et pour le pire jusqu'à ce que la mort nous sépare ?

Le temps me paraît long. John est comme tétanisé devant moi, ses larmes coulent abondamment sur ses joues. Je suis toujours au sol, la bague dans la main dans l'attente de sa réponse. Je commence à douter d'avoir pu avoir ce geste jusqu'à quand je le vois tomber sur ses deux genoux devant moi. Il me prend le visage et m'embrasse comme si sa vie en dépendait. Son baiser est ravageur, sensuel, possessif. Quand il y met fin, nous sommes tous les deux haletants.

— Je… merde Em… je suis… Oh oui ! Oui je veux devenir ton mari, je veux t'avoir à mes côtés chaque jour que Dieu fait, dans mon lit chaque nuit…

Un toussotement se fait entendre non loin.

— Euh… doucement, il y a des enfants ici !

Il m'embrasse plus doucement en souriant.

— Je t'aime et merci, merci d'avoir accepté de venir travailler ici, merci de m'avoir soutenu dans mes moments de doute, merci de me permettre de réussir mon rêve, merci de m'avoir apporté une adorable petite fille, merci d'être à mes côtés tout simplement. Je t'aime à tout jamais.

Un poids énorme se retire de mes épaules et une chaleur de bonheur m'envahit. Je retire l'anneau de sa boite et prends sa main. Je le glisse à son doigt et le lui embrasse.

— Par cet anneau, je te lie à moi…

Ma fille me saute au cou.

— Non Papa, il se lient à nous... maintenant, j'ai deux vrais papas !

Des applaudissements se font entendre autour de nous. Nous nous relevons et tous nos proches viennent nous féliciter.

En ce réveillon de Noël, la maison est remplie de joie et de bonheur. Je vais me marier avec l'homme que j'aime et nous allons pouvoir enfin vivre l'esprit plus tranquille.

***

Depuis ma demande en mariage, nous vivons sur notre petit nuage. J'ai pris le temps d'expliquer mes recherches à John en lui faisant bien comprendre que je ne me mariais pas avec lui sous la contrainte. Le testament n'indiquait nulle part que John devait absolument être promis à une femme et qu'il devait lui faire un enfant. L'adoption était tout à fait envisageable et le mariage entre deux hommes aussi. Après la consultation du notaire de Madame Richard et avec son approbation, j'ai pu entamer toutes ces démarches.

Ma mère est repartie heureuse d'avoir pu partager cet instant avec nous. Nous avons convenu que nous passerons lors des prochaines vacances scolaires et l'informerons dès que nous aurons une date de mariage.

Al et Sophia sont venus passer le jour de l'an avec nous. Eux aussi vivent le parfait amour. Sophia a tout quitté pour vivre avec Al et malgré les menaces de son père, ils y font face… ensemble.

Nathan Lacausse s'est de nouveau manifesté peu de temps après la nouvelle année. Il est arrivé comme s'il était déjà le propriétaire du domaine. Il a vite déchanté quand nous lui avons mis sous le nez tous les documents légaux permettant à John d'être le seul légataire du domaine. Il est reparti en nous menaçant qu'il ferait tout pour rendre caduque les papiers signés du notaire.

Il ne peut plus rien contre nous, mais nous avons tout de même alerté les autorités des menaces faites par Lacausse.

Nous avons enfin fait notre choix, le choix de notre bonheur et celui de notre famille.

FIN

Courrier à ouvrir le jour de ton mariage.

Mon fils,

Si tu as ce courrier, c'est que j'ai quitté ce monde et toi, tu es sur le point de te marier.

Sache avant toute chose, je suis fier de toi et de ta réussite.

Je sais que je te l'ai peu montré, mais il est difficile de se dire que l'on devient vieux, que nous ne sommes plus aussi fringuant qu'avant et que l'on se sent dépassé par les évènements.

Tu dois te demander pourquoi j'ai mis cette clause dans le testament. Et te connaissant, tu as dû me maudire.

Lorsque Nathan Lacausse est venu m'avertir que tu étais homosexuel, j'étais déjà au courant. J'ai voulu une fois te faire une surprise et je suis venu te chercher à ton université pour déjeuner un midi ensemble. Je t'ai aperçu avec un jeune homme et je suis reparti. Je me suis dit que tu ne voulais pas que je le découvre de cette façon, que tu préférerais m'en parler. Je n'en ai pas informé ta mère non plus. Je voulais que cela vienne de toi.

J'ai attendu, mais tu ne t'es jamais épanché sur ta vie amoureuse.

Je n'avais rien contre, ton bonheur m'importait plus et si c'était de te retrouver avec un autre homme, alors pour moi, cela me convenait.

Alors quand Lacausse est venu m'en informer, fier de lui, il a sûrement cru que je pèterais un plomb comme vous dites les jeunes.

J'avoue, oui cela m'a énervé que cela soit lui qui m'en parle plutôt que toi. Il voulait divulguer l'information à tout notre réseau pour me rabaisser, moi le père d'un PD comme il appréciait de dire. Que je n'aurais jamais de descendance, que le domaine était voué à l'abandon… J'ai cru que j'allais lui mettre mon poing dans sa sale tronche ce jour-là, mais je n'en ai rien fait.

J'avais confiance en toi et je savais pertinemment que tes choix seraient les bons. Le mariage homosexuel existe et l'adoption aussi. Je voulais que ce domaine reste dans notre famille. Alors pour qu'il me foute la paix, j'ai créé cette clause dans mon testament.

À moins que tu sois sorti du placard avant et que j'aie pu t'expliquer ce que j'attendais de toi. Sinon, si tu l'as découvert par toi-même, c'est que tu es resté encore dans ton placard.

Si tu te maries, j'espère au moins que c'est avec l'homme que tu aimes. Quant à l'enfant, ma descendance, je te fais entièrement confiance.

Je te souhaite tout le bonheur du monde, je t'aime mon fils et j'ai bien peur de ne pas te l'avoir assez dit !

Ton père

Remerciements

Tout d'abord, je voudrais remercier Joséphine. Merci à toi d'avoir cru en moi, de m'avoir poussée à écrire malgré mes doutes, de ton soutien et surtout de ton amitié qui m'est indispensable, merci d'être là pour moi tout simplement. Sans toi (et ton 41 fillette !), ce livre ne serait jamais sorti.

Laetitia, ma première lectrice et correctrice. Tu es une amie formidable. Merci de tout ce que tu m'apportes.

Sylvain, tu as su me donner de très bons conseils et tes remarques m'ont beaucoup aidée. Merci énormément de ton aide précieuse.

À Rouge Noir Éditions, merci de me donner ma chance.

Les écrits des auteurs de Rouge Noir Éditions

Joséphine LH

— Entre Provence et Cyclades

— Destinée – Les Moretti

— En toute sensualité

— Gare aux sentiments

— Humour d'en rire

— Seulement en E-book :

— Fanny - Rencontre avec l'impossible

— La soirée des désirs

— Souvenir d'une belle rencontre

— Le nouveau souffle d'une vie

Lara DANTONY

— Fantasmes

Ingrid MOREL & Damien CLAIRE

— Ambre & Mac
— Ambre 2 Mac
— 12 heures
— Fucking life

Manon T.

— L'été de toutes les audaces

Priscilla DORSCHNER

— Violette

Nell

— Sexy coach

Pauline M.

— Un Noël féerique

Meline THOMAS

— Moment de vie

Celina ROSE

— L'armes tome 1, tome 2 et tome 3
— Passion, sexe et frissons

Emy Lie

— B.I.L.Y.

Un choix... Une vie
Chris TL

ISBN :
978-2-902562-24-4

Graphisme :
© Charlie Dragonfly Design

Mise en pages :
© Orlane, Instant immortel

Collection Hortensia
© 2019, Rouge noir éditions

Mentions légales

Rouge Noir éditions
Avenue de Saint Andiol
13440 CABANNES
rougenoireditions@gmail.com

N°SIRET
80468872900016

Impression: BoD - Books on Demand